# 瞑想カルテ

本川 哲

表紙絵

タイトル「夜明けの訪問者」

坂中 淳 一九八〇年作 油彩p六十

# まえがき（登場人物の紹介に変えて）

　この小説の主人公、神農治彦《しんのうはるひこ》は、古希を迎えた現役の整形外科医である。彼は三十代のころ大学の医局人事で対馬に赴任したことがあるだけで、勤務医時代のほとんどを中核病院の長嶋医療センターに所属して、主に股関節疾患の治療を行ってきた。その人工関節手術では、患者のために痛みをとることが自分の責務であると考えていた。その神農に人生の大きな転機が訪れる。医師と教育者、そして経営者という新たな局面が与えられたのだ。

　さまざまな出来事や人々に出会っていくなかで、次第に人生や医療についての考えが広がり、そして深まっていく。昼間の診療や手術を終えて、病院の自室で珈琲を飲みながら心地よい疲れに浸っているひとときは、神農にとって至福の時間とも言えた。

　そうしたある春の日の夜、神農はふと自分の人生の物語に思いを馳せるのだった。

もくじ

もくじ

# 第一章

# 東洋学園　大山英一理事長との出会い

「先生、いいのです。甘えてください。死ぬまでいてください」

この言葉がすべてだった。

整形外科医師の神農治彦は、東洋学園の大山英一理事長から信じがたい言葉を聞いてしまった。大山理事長の顔には人を信用させようとする努力は微塵《みじん》もない。だから一層、人を惹きつける。

これは十年前、治彦が東洋学園のリハビリテーション学院の学院長として誘いを受け相談した時の会話である。

「私は単なる整形外科医であり、教育も経営も全くの素人ですよ」

「先生は何も心配しなくていいですよ。来てもらえるだけで充分です」

「そんなに甘えていいのですか」

「いいのです。甘えて下さい」

治彦は少し間をおいた。将来のことを考えると、一年二年の短期で終わるような仕事では難しい。

「私はある程度の期間は働かせてもらわないと困るのですが」

と遠慮がちに話すと、理事長は笑みを浮かべ「先生、死ぬまでいてください」

と即座に返事が返ってきた。

偶然に出る言葉でもない。しかし必然とも言い難い。進路を決断させるものとは何であろうか。

治彦は、石橋を叩いて渡るというよりは叩いてもなお渡らない、慎重な性格であり、外科医としては、身の丈に合わぬが「熟慮断行」を座右の銘としている。手術を前に常にあらゆるリスクを検討し手術に臨んでいた治彦も、大山理事長の言葉には頷くしかなかった。

「甘えてください」

この言葉がなかったら、この過去の一点から現在という未来へ進む道はなかった。

「迷ったときは己を信じ、良心に従え」と心得てはいたが、そう簡単なものでもない。治彦の心の奥深いところに潜む何かがそう決断させたのだろう。大山英一理事長のあの一言で、治彦は教育と医学、リハビリテーション学院の学院長と、第一整形外科病院の臨床医として、二足の草鞋《わらじ》を履くことになった。

リハビリテーション学院での仕事とは、高校を卒業後、将来医療人として患者を支え社会に貢献したいと望む学生の純粋な気持ちとその志を支えること。そしてその目的を達成させるため、知識、技術だけでなく患者に対する慈愛の教育を行うことである。

いっぽう、整形外科医としては、臨床医としてまず外来で高齢者の慢性疾患である股関節、膝関節疾患を患い、日々痛みに対して苦しい思いをしている患者を診察することに始まる。そして手術適応のある患者に対し、手術、特に人工関節手術を行うことによって、日常の生活から痛みを開放し、ＡＤＬ（日常生活動作）とＱＯＬ（生活の質）を高める仕事である。

治彦は鹿児島の大学を卒業後、研修医を経て整形外科の臨床医として三十数年間勤務し、特に股関節、膝関節の人工関節手術を中心に医療に従事していた。人工関節の手術だけでも三千件以上は執刀している。その傍ら、変形性関節疾患の患者が手術後に脹脛《ふくらはぎ》にできる血栓症の研究をしていた。これは、長く寝たきりの状態であったり、飛行機などの狭いところで長時間下肢を動かさなかったりしたときに生じる「エコノミークラス症候群」として知られている。この腿脛のヒラメ筋にできる血の塊である血栓が、下肢の静脈から肺に移動し肺動脈に詰まると、致死的肺塞栓症を発症することもある。

治彦はかつて自分の患者がこの致死的肺塞栓症で亡くなったことを契機に「人工関節置換術後の深部静脈血栓症の予防と対策」をライフワークとしていた。全国にある公立病院全体のＥＢＭ（根拠に基づく医療）研究に携わる一員として、臨床研究部に在籍しリウマチ膠原病が専門で、のちに大学教授となった右田先生の協力を得て、「人工関節術後の深部静脈血栓症の予防に関する研究」をテーマに、三年ほど共同研究の責任者をしていた。その研究論文は英文誌に掲載され、さらに公立病院全体から優秀賞に認められた。研究が評価されたことでその仕事に一区切りがついた。

現在の医療は、十年前に比べると雲泥の差がある。その進歩は目覚ましく、ＩＰＳ細胞（人工多能性幹細胞）から新しい組織を作る臓器再生の時代である。研究にも体力と情熱がいる。年齢を重ねるにつれ最新の医療知識、技術には追いつかない。整形外科でも、今や医療機器がデータを分析し、ロボットが手術を支援する時代である。治彦は、自らの能力の限界と年齢からくる体力の衰えを実感していた。

二〇一四年（平成二十六）は治彦還暦の年である。六十歳ともなれば、普通なら経済的余裕と経験的知識に裏打ちされ、ゆっくりと歩むゆとりある人生がそこに見えるころである。しかし現実はそう甘くない。まだいくつかの悩みを抱えていた。治彦が二足の草鞋を履くに至った理由がここにある。

それは治彦が長嶋医療センターの前身である長嶋中央病院に勤めていたころのことである。高校時代からの友人である山下慶一が、東洋学園の高校講師をしていた。高校時代は治彦が作った「現代真理研究会」に属していた。名前は堅苦しいが、活動内容は寺に座禅を組みに行ったり、初日の出を拝みに登山をしたりするような趣味的な集まりである。真理を追求するには程遠い気の合う連中中で作った同好会で、山下慶一も所属していた。

彼は中央大学法学部を出てさらに明治大学の大学院まで出ている。しかし安定した就職先がないまま、非常勤の東洋学園の高校教師をして過ごしていた。

その頃は、学園の大山英一理事長から可愛がられていたようである。

山下慶一は、のちに塾を経営し自ら講師を務めながら市議会議員にも当選するなど、順風満帆に見えた。その矢先、自らの過ちで交通事故をひきおこし市議会議員を辞職。今は行方も分からない。噂では大阪あたりで日雇いの職に就き、波乱万丈の人生を送っているようだ。どちらかと言えば手のかかる面倒臭い男であったがそれでも友人である。

しかし大山英一理事長との出会いは、その面倒くさい友人、山下慶一から紹介されたことに始まるからそう簡単に馬鹿にもできない。

大山英一理事長は、歴史ある学校法人東洋学園の四代目のエリートである。百年前、初代が女子の裁縫学校として創立した。その学校の精神は「奉仕」である。

三代目理事長の父親、孝一氏を受け継ぐと、東洋高等学校、リハビリテーション学院、東洋高等看護学校、東洋幼稚園、さらに介護施設など、事業を拡大し続けている。実業家の一人といっても過言ではない。

ある時、友人の山下慶一に誘われ、大山英一理事長と一緒に食事をする機会を得た。理事長は柔和さと厳しさが入り混じった表情をしていた。初めての出会いで緊張したが、笑顔で迎えてくれた。簡単に人の性格は読み取れないが、直感的表現をすれば、性格は難しいものの周りを包み込む雰囲気がある。一言で言えば「人たらし」が適切かもしれない。まだ五十歳ぐらいと思われる。年齢の割に落ち着きと貫禄がある。さすが、理事長と言う感じであるが、言葉に棘《とげ》がなく誰からも尊敬され慕われていた。ただ好き嫌いがないとは言えない。どういう訳か山下慶一も治彦も、理事長の嫌いなグループには属さずにすんだようだ。

「今日は北野のてんぷらを食べに行こう」

と気やすく声をかけてもらった。

「北野」とはてんぷらで有名な小料理屋で、味は理事長のお墨付きだから言うことはない。色々なところに案内され、食事をしながら興味深い話に傾聴した。経営者として何よりも多くのアイディアと豊かな感性を持ち、また教育者としての資質、学生に向かい合う姿勢、情熱は話の中に多く聞き取れた。私生活はというと、日本酒もワインも好き、料理も味にうるさい。美酒美食は健康とは相対する位置にあるようで、体は決して健康ではなかった。

大山理事長は、なぜか治彦を気に入り、その友人山下慶一抜きでたびたび食事をするようになっていた。おそらくお互いの何か謎めいたダンディズムの波長が融合し増幅されたのだろう。理事長と食事をし、酒を酌みかわし、真面目な話からたわいもない話など楽しい付き合いが始まった。

数年が経過したころであろうか。治彦は大学病院、整形外科医局の人事で対馬島民病院への移動が決まった。

# 第一章　東洋学園　大山英一理事長との出会い

# 第二章

# 対馬

## 一、赴任

大学の整形外科医局の人事で治彦は対馬島民病院に転勤になり、対馬で三年間を過ごすこととなった。これは大学で学位、博士号を取得すると、お礼奉公と称して離島へき地での勤務が義務化されているのである。治彦はいくつかの選択肢があったが、自ら最も辺鄙《へんぴ》で離島の対馬を選んだ。対馬は博多から百五十キロ、韓国釜山から五十キロと、むしろ韓国に近い島である。当時は小型飛行機しか飛んでいないかなり不便な離島であった。対馬には家族とともに赴任した。

初めて見る対馬空港は、断崖絶壁にそそり立つ山の中にあり、海から驚愕するような絶壁に突っ込んでいく恐怖感を味わうに十分なところである。まさに映画「ジュラシックパーク」で見たヘリコプターがジャングルの中に降り立つ場面を思い起こさせる。島とはいえ、空港は山の中にあり、降り立つとほとんど海は見えない。空港からは迎えの車で病院に向かったが、山道が道路の大半を占め、人も車も見えず、本当に日本国の島に着陸したのか不安を覚えながら山道を進んでいく。しばらくしてやっと海岸線が見え、住民と思われる人影と車の往来があり、ほっとした。

歴史を遡《さかのぼ》れば対馬は縄文人の島と言われている。その理由は、縄文人が血液中に持っているヒトT細胞白血病ウイルス一型（HTLVI）というウイルスの抗体陽性率が高いからである。日本列島の最初の居住者は東南アジアに由来する旧石器人であり、その子孫が縄文人となったと一般に言われている。その後、弥生時代に北東アジアから弥生人が渡来し混血しながら現在の日本人を形づくったとの説もある。対馬においても理由ははっきりしないが、アイヌ民族と同様に弥生人との混血の度合いが小さいためかHTLVIのウイルス抗体率が高い。

近代の歴史を見ても対馬は興味深く、鎌倉時代の二度にわたる元寇では小茂田浜《こもだはま》に上陸した元軍は対馬の地を蹂躙《じゅうりん》した。江戸時代、朝鮮国との貿易を行なった対馬藩宗家の菩提寺である荘厳な万松院《ばんしょういん》もある。そこには宗家の威厳を誇示するため、徳川幕府歴代将軍の高さが二メートルほどもある大きな位牌が保存されている。

明治時代の日露戦争時、日本海海戦のため作られた万関橋《まんぜきばし》が、対馬の中央部にある。観光地としては山々に囲まれ小さな島が群れをなす風光明媚なリアス式海岸の浅茅湾《あそうわん》。海岸沿いの海の中に、古めかしい鳥居が立ち歴史が感じられる彦火火出見尊《ひこほほでみのみこと》と豊玉姫命《とよたまひめのみこと》を祭ってある和多都美《わたつみ》神社などがある。

上対馬に行くと、西側海岸沿いに自衛隊のレーダー基地や韓国展望の地がある。夜には五十キロ先の釜山の民家の明かりが見えて美しい。韓国のテレビもときどき、画像はくっきりではないが見ることができる。自然は昔のままであり、動物では日本において対馬でしかなかなか見ることができないツシマヤマネコ、ニホンミツバチ、源氏ボタルなど珍しい動物も生息しており、歴史、文化が楽しめる。

食べ物は海の幸、鮑《あわび》、雲丹《うに》、クエ、水イカなどがあったが、とくに雲丹はその年々で地域によっても味は違い、漁師が味見をさせて売りに来る。その中でも対馬中央部、美津島《みつしま》の赤島で採れる、五月の解禁直後の紫雲丹は満点の味であり、頬っぺたが落ちるとはこのことである。以来対馬の赤島で採れる紫雲丹の味は旅行先で雲丹を食べる時の評価の基準にしていたが、その味を超えるものはいまだに見つからない。

このように本土から来た治彦にとっては新鮮で、まさに海外旅行気分であった。

## 二、人々の信用

治彦は自分の実力を試すいい機会と考え、大学の整形外科医局人事でこの地を希望した。赴任した対馬島民病院の院長は以前、長嶋中央病院に勤務していた。専門は消化器外科であり、治彦の父親の胃癌手術の執刀も手がけた尾藤新一郎先生であった。

尾藤院長は、古い離島の医療に対し新しい型の離島医療を目指して開拓に来た、いわば戦士である。また夫人も小児科医をしていたが、開拓の同志として、ともに対馬へ赴き、離島医療に貢献していた。子息は三人いたがみな優秀であった。上の二人は医学部、歯学部に進学しており、当時は中学生の末娘だけが島で両親と一緒に過ごしていた。その後の話であるが、なんと中学生であったあの子が将来、大晦日の紅白歌合戦でトリを務める大スターになるとは誰一人として想像だにしなかったであろう。尾藤院長の存在は、離島勤務が初めての経験である治彦にとって心強いものであった。

また勤務している医師を見ると、長嶋医療センターで離島医療の奨学金を受け研修していた顔なじみが多く敷居の低い医局でいろいろと分からぬことは協力してくれた。

赴任してわかったことであるが、対馬の医療に関しては負の歴史がある。昔の話だが島民を食い物にした医者が本土から来ていた時期もあったようだ。そのような背景があり、島民は皆本土志向である。歯医者にもわざわざ福岡まで飛行機を使い、日帰りで治療に行く島民もいた。いくら頑張っても患者からの信用がなかなか得られない島である。その当時、整形外科医は対馬の人口四万七千人に対しわずか三名である。整形外科医の部長としては何事にも責任を取る覚悟と医師としての実力がいる。

対馬に赴任する前、大学の岩崎教授と話をする機会があった。岩崎教授は長嶋医療センターに週一回手術に来て治彦にも指導をしていた。

「対馬に行ったら人工関節手術をしていいですか？」と尋ねた。

人工関節置換術は、膝関節と股関節の関節を人工の器具（インプラント）に入れかえる手術である。治彦は自分自身でとくに人工股関節手術をやりたい気持ちが強かった。（図1）

教授は指導もしており治彦の実力もわかっているはずだ。

「神農君、手術はどうしようかと迷ったらすべきだが、患者に不利益を与えてはならない」

少し間をおいて
「しかし、私にも苦い経験があるよ」と言われた。

治彦は教授の手術を長年見ており、人工関節手術は教授の九割程度できるとの自信はあったが、患者に不利益は与えないことだけは肝に命じた。

（図1）　股関節の変形と人工関節手術

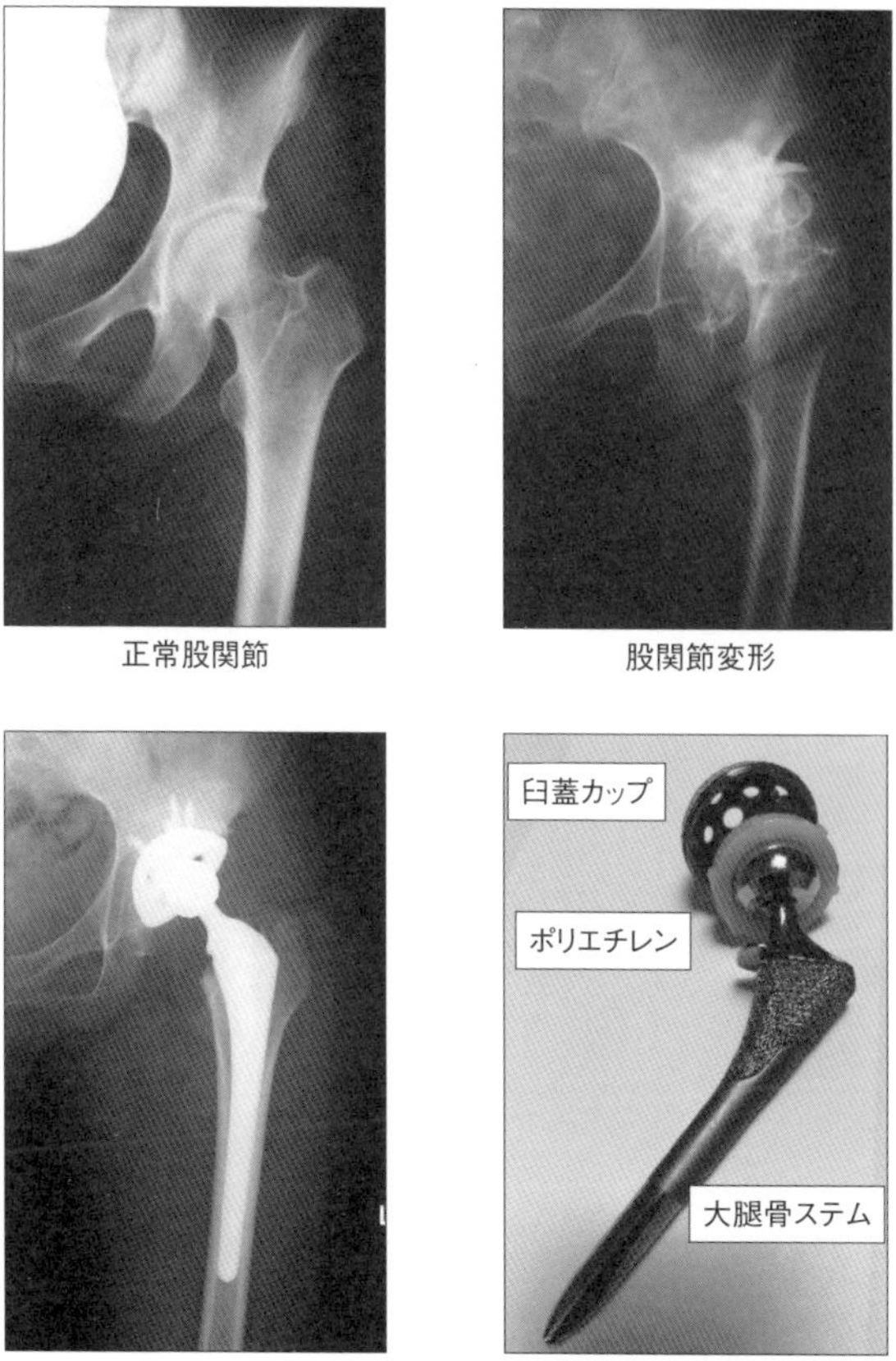


正常股関節　股関節変形

人工関節術後　人工関節インプラント

やる気満々で病院勤務は始まったが、まずは患者に「先生、何か訳ありで対島にこられたのですか?」と先制攻撃をかけられた。あたかも何か不祥事でも起こし、島へ逃げて来たかのような言いようである。患者に手術を勧めるが、なかなか「はい、お願いします」と言わない。皆福岡の方に逃げて行く。あるとき、手術を勧めた患者に「家を建てれば信用してくれるか?」と尋ねると「それだけではだめだ」と厳しい返事。「じゃあどうすれば信用してくれるのか」と尋ねると「墓を作れば信用してもいい」とまで言われたこともある。

最初は病院職員の信頼を得ることから始まった。病院職員たちも実は、治彦たち医師の一挙手一投足を見ている。やがて職員の信頼が得られると、うわさが街に広がる。職員の信頼が患者の信用につながり、少しずつ手術は増えてきた。手術ができるようになると、今度はその手術の結果である。満足すべき結果こそ、医師の実力であり評価でもある。

赴任して半年が経ったころ「先生、膝の手術をお願いします」と初めて言われた。患者は八十三歳の女性で元学校の教師である。

「対馬を離れたくない。ここで手術をしたいのです」

　信用された結果か、島を出たくなかったは定かではないが、ついに人工膝関節手術を希望する患者が現われた。この患者が対馬に来て人工関節手術の一例目となった。膝関節も股関節と同様に傷んだ関節面を人工の器具（インプラント）に入れかえる手術である。患者は膝の外側に変形が強く外反膝のX脚を呈していたが、無事手術も終わり外反変形も治り正常に近い下肢となった。（図2）信用してくれたその女性患者には本当に感謝しており、今でも名前は忘れない。

　こうして徐々に手術は増え、年間六百例の手術を行うまでになった。これは忙しいというよりも充実感があった。大学からの派遣医師を一名増員してもらい、整形外科医が離島で四名になった。医師が少ない今では考えられないことである。それでも厳しい。しかし仲間には恵まれた。北九州の病院で一緒に働いた宮原先生と、長嶋医療センターで研修していた真子先生がチームを組んで頑張ってくれた。一日に十二例、週に二十三例手術をおこなったこともある。

　そして週一回は泊りがけで上対馬の診療所にも出かけなくてはならない。手

（図2）変形性膝関節症に対する人工関節置換術

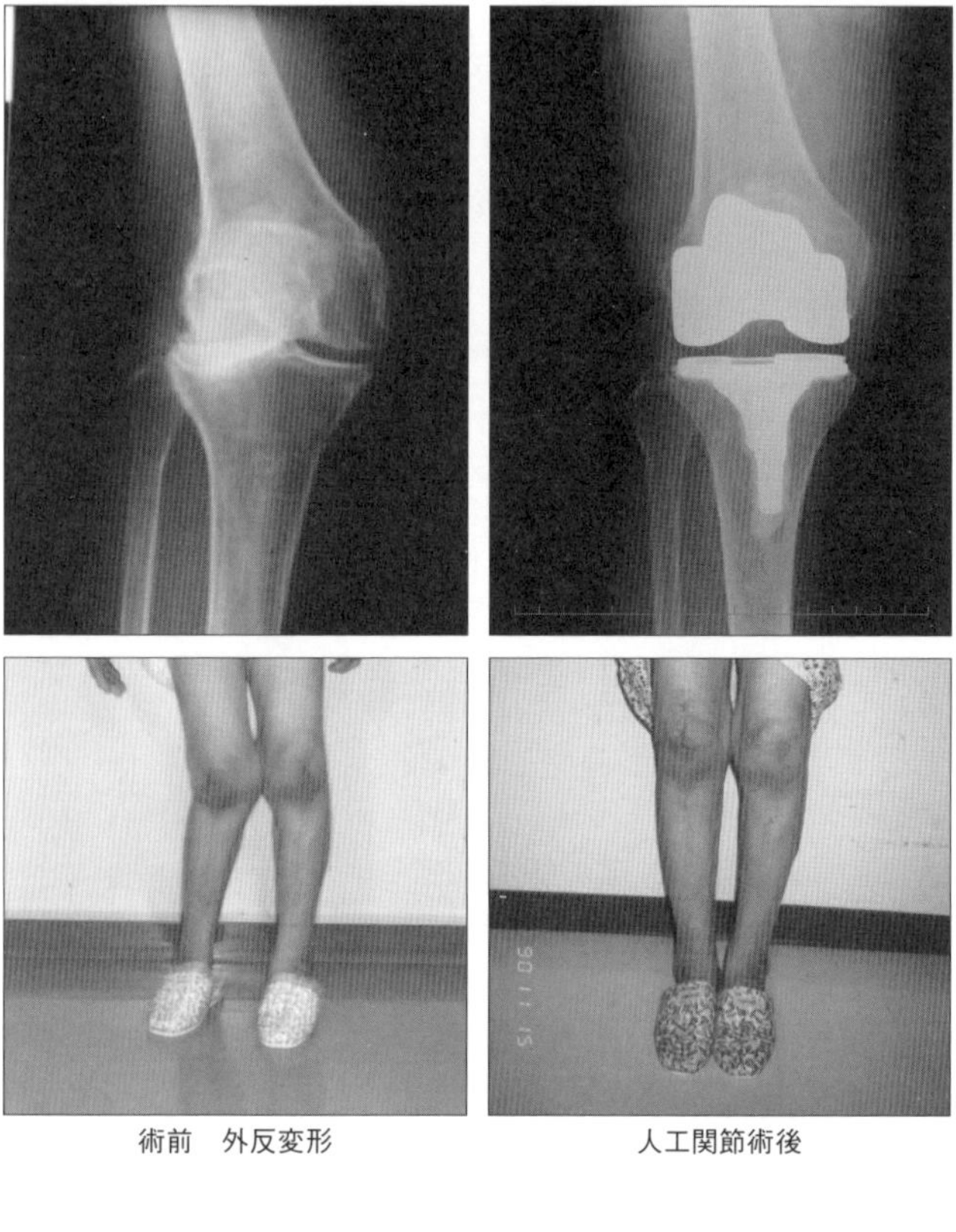

術前　外反変形　　　人工関節術後

術を終えて夜の十時ごろ対馬島民病院を出て上対馬へ向かう。車で約二時間かかり、着くのは夜中の十二時である。指定の宿で冷めた夕食を食べ、疲れ果てて寝るだけである。次の日は上対馬の診療所で朝から夕方まで六十人ほどの患者を診察し、それからまた二時間かけて対馬島民病院に戻る生活である。

本当に倒れて骨まで島に埋められるのではないかというぐらい忙しい時もあった。手術場の看護師三名も、努力を惜しまず手術の勉強をして必死に協力してくれた。整形外科の手術など骨折ぐらいしかしていなかった病院で、脊椎の手術、人工関節の手術など見たこともない手術ばかりであっただろうが、よく頑張ってくれた。

協力を惜しまなかった婦長は、残念なことに膀胱癌で若くして亡くなった。当然、葬儀に参列したが、対馬の伝統的古式ゆかしき葬儀を初めて経験した。親族は白装束に身を包み、棺を丸太で抱え、家の周囲を回り火葬場へと向かう様子は悲しみをさらに倍増させた。

## 三、島民卓球大会

娯楽といえば島だけに釣りぐらいしかなく、それを楽しむ医師も多かった。浅茅湾《あそうわん》の鯛釣りは有名であるが、船酔いする治彦には参加し難いものだった。

仕事が終わると時々医師仲間で麻雀を楽しんでいた。意外と麻雀仲間は皆、凄腕でレベルが高かった。かなりの経験と辛酸をなめたに違いない。麻雀の勝負の心得はいつも同じで「勝つより、相手に勝たせない」

麻雀には役と言う難易度による点数があり、役が高いほど勝ちにくい。「勝とうと思えば一役難易度を下げて早く上がる」のが鉄則である。特に麻雀は敵が周りに三人もいる卓上スポーツである。だからこそ面白い。治彦もときどき加わっていたが、勝率は強者相手であまり芳しくはなかった。

ある日何気なく廊下を歩いていると精神科の医師が会議室で職員と卓球をしていた。治彦も中学、高校、大学と卓球をやっており、高校時代は長崎県央地区で優勝の経験もあった。少し興味があり覗いてみた。十年以上していないので体も動かず、体重も学生時代より十キロ程増えている。他人のラケットを借りてやってみたが、残念ながら体も技術も衰え歯が立たなかった。こんなにも衰えるものかと反省半分悔しさ半分である。

しばらくして、その精神科の医師から「卓球の対馬町民大会があるから出ましょう」と誘いがあった。少し練習すれば壮年の部ならどうにかなるかなと思い、楽しむつもりで参加することにした。

試合当日、家族には「決勝戦まで行ったら電話するから応援に来なさい」と言い、町立体育館に出かけた。三十五歳以上の壮年の部で出場したが、まず予選リーグがあり、上位二名が決勝トーナメントに進めるという試合形式である。治彦は初心者と思われたらしく前年度の優勝者のグループに入れられていた。結果はその優勝者に負け、予選リーグ二位ではあったが、かろうじて決勝トーナメントに残った。

卓球の技術は試合を重ねるごとに少しずつ勘が戻ってきたが、体力がまったくない。試合が終わるとへとへとである。幸運にも勝ち残り、予選リーグで負けた前年度の優勝者と決勝戦をすることになった。決勝戦を前に家族に電話しようと思ったが体力も気力もない。それよりも体力温存である。体育館の風通しがいい場所を見つけ大の字になり一人でゆっくり休んで試合に臨んだ。

相手も驚いたであろう。先ほどは勝った新参者が、今度は意外としぶとい。ましてや十年ぶりにラケットを持った医師に負けるとは思ってもいなかったようである。治彦は三セットの末、汗だく、ふらふらの状態でどうにか勝利した。初出場の大会で、見事優勝したのである。

家に帰ると家族は皆涼しそうに昼寝をしていた。父親が帰ってきても無関心で結果も聞かない。連絡もないのでさっさと負けて帰ってきたと思っているようである。優勝のメダルを「ほら」といって昼寝している家族にポンと投げると、子供たちに「何?　参加賞?」と言われた。「優勝」といっても何となく半信半疑で、喜んでくれなかった。

まぐれの優勝だったかもしれないが、数週間後、上対馬町で行われる全島大会に出ることになった。結果は壮年の部でまさかの優勝。今度は県民大会に島の代表として選ばれ、団体戦の一員として出場することになった。

そして県民大会の日。対馬の卓球チームは県民大会に参加して以来二十六年で一度も予選リーグを突破したことはなかった。そのため、決勝トーナメントなど眼中になく、いつものように宿泊施設も予約せず、帰りは当日の飛行機を予約していた。皆、本土への日帰り旅行気分で出かけていた。ところがなんと二十七年目にして初めての快挙で、対馬のチームは予選リーグを突破したのである。

慌ててホテルを取り、飛行機も変更した。そして翌日の決勝トーナメントに臨んだ。

決勝の団体戦はさすがにレベルが高く、治彦の対戦相手も元国体選手のまだ若い元気な選手であった。その対戦相手は対馬の田舎者には負ける訳がないというふてぶてしい態度で勝負に臨んできたが、こちらも意地がある。生意気な若い相手に負けるわけにはいかない。

県民大会まで一ヵ月間まじめに練習し、体重も五キロ程減量できた。その成果が出てなんと三セット、ジュースになり一進一退を繰り返した。面白い試合になっているので、体育館の観衆の注目が集まった。高校時代の治彦を知っている選手もおり観客席から応援してくれた。

一球入魂。宮本武蔵の「恐れるな、侮るな」、孫氏兵法「戦わずして勝つ」の言葉。また治彦も「勝負は、負けないことが勝つことである」と持論を持っていた。

戦略のひとつとして、競り合って困ったときには、単純なサーブを出すことに決めていた。これは厳しいサーブには難しい返球があり、かえってリスクがある。当時は二十一点先取の三セットマッチの試合である。ジュースは十回に及び、最後は相手のミスで三十一対二十九のスコアで治彦が勝ってしまった。相手もここまでくると素直に負けを認めざるを得なかった。笑顔で握手した。

対馬チームの団体戦はこの一勝だけで、負けはしたがいい思い出となった。

## 四、疫学研究

対馬の歴史を学問として考えるとやはり興味深いのは、縄文時代から生き残っているＨＴＬＶＩ（ヒトＴ細胞白血病ウイルス一型）というウイルスである。このウイルスは白血病や神経疾患を引き起こすことが証明されており、ほかの疾患との関連も調査されていた。治彦はそのウイルスに興味を持ち、関節リウマチの関節炎との関連を調べることにした。離島で閉鎖された社会で人の動きが少なく、痛みが強く移動能力の低いリウマチ患者が島外の病院に治療に出ていくことも少ない。対馬全体の患者の把握が可能である。まさに疫学調査に適した地域であった。

この対馬における関節リウマチの疫学研究を日本リウマチ学会で発表した。するとリウマチ学の第一人者であった西島教授も興味を示し、ＨＴＬＶＩ関連関節炎の研究と称して部下数名を連れ東京から対馬を訪れた。西島教授は精力的にレンタカーで島中を駆け巡っていた。対馬島民病院に来て疫学調査の研究方法、ウイルスの抗体の検査方法など議論を交わした。後に西島教授とは対馬のリウマチ患者の滑膜《かつまく》を患者の許可を得て研究材料にし、共同で論文も書いた。

小さな島にいながら多くの研究者との繋がりもできた。翌年には西島教授の推薦で大学の岩崎教授とともに厚生省リウマチ疫学研究班の班員に選ばれ、日本の一流の研究者とともに仕事をすることができた。

岩崎教授とは年に三回ほどリウマチ疫学研究班の班会議に一緒に出かけていた。岩崎教授は長嶋高校の先輩で実家も近いところにある。股関節領域が専門で手術も人一倍丁寧に教えてくれた恩人である。多くの人は知らないが岩崎教授は大腸癌の手術を数年前にしており、決して体調は良くなかった。

神戸六甲のホテルでおこなわれたリウマチ疫学研究班の班会議の帰り、大阪空港での待ち時間に椅子に座ってゆっくりくつろいでいた時のことだ。

治彦は何の気なしに尋ねた。

「先生は退官されたらどうされるのですか?」

「故郷でのんびりするのもいいですよ」

言ってしまったその瞬間、「あっ…」と思った。しばらくの沈黙の後「その頃はもう生きとらんよ」と言われ、岩崎教授は席を立ち、いなくなってしまった。

これはまずい。困った。なんと愚かなことを言ってしまったのだ。十分ほど経っただろうか。岩崎教授が戻ってきて「これ子供さんと奥さんに土産」と言って三重の名物、赤福を差し出された。何となく気まずい雰囲気であったが、お互い無事にこの場を切り抜けた感がした。

島の内外でいろいろなことを経験し、治彦自身にとって成長と充実の離島生活であった。

## 五、看護師不足問題

いっぽう、対馬島民病院では医療過疎地の問題として深刻な看護師不足があった。どういうわけか昔から対馬の高校生が名古屋の看護学校に行く流れがありそこで就職する。当然対馬に看護師は増えない。島に戻る看護師は少なかったが、離婚して子供を親に預けて働ける場として島へ戻ってくるという理由で、看護師の定数は足りていた。しかし准看護師の割合が多く、病院にとっては正看護師の確保に苦慮していた。治彦も病院の部長職の一人として何かいい方法をと模索した。

思いついたのは東洋学園の高等看護科である。准看護師の資格があれば二年で卒業、正看護師の国家資格がもらえる。頼みの綱は、東洋学園の大山理事長の裁断である。親しくなったとはいえ社会的立場は雲泥の差がある。こんな若造の医師の意見を聞いて貰えるだろうか。

不安はあったが、土産だけでも珍しいものと考え、紫式部も「源氏物語」を執筆する際に使ったとのいわれのある対馬の若田硯を用意し大山理事長を尋ねた。

友人の山下慶一を呼び出し、理事長室に案内させた。時には役に立つ友人である。理事長は笑顔で迎えてくれた。

「先生、対馬島民病院は今、正看護師が足りず困っています。現在病院で働いている准看護師を先生の高等看護専門学校に入学させて、正看護師を育ててもらえませんか」

と切り出した。

「離島ではとても切実な問題なのです」

いつになくまじめな話に、大山理事長は興味深げに傾聴してくれた。決断は早い。離島医療に興味を持ち、話を聞いた翌週には早速対馬に出向いてくれた。退屈していた山下慶一が喜んで飛行機とホテルを予約し同伴してきた。そして、対馬島民病院を訪れ事務長や病院長の尾藤先生から現状を聞き理解したようだ。

大山理事長は治彦に対し
「先生は素晴らしいことをされています。喜んで協力しますよ」と、嬉しい言葉を返してくれた。

看護師不足をどう解決するかという話は大きくなり、対馬町長との面会にまで及んだ。

東洋学園大山理事長からの申し入れにより「毎年対馬島民病院から二名の准看護師を東洋学園の高等看護科に推薦入学させること」と、「対馬の中学校から五年制の高等看護科へ二名の推薦枠を設けること」が決まり、ここに離島看護推薦制度ができるに至った。大山理事長の英断は素晴らしく、その後何人もの正看護師が対馬島民病院に誕生した。

一般的には病院付属の看護学校ではいわゆる「紐付き」入学が多く、卒業後は学校を経営している法人の関連病院で働くなどの厳しい条件があるが、そのようなことはなく無条件で引き受けてくれた。この時に感じた東洋学園大山理事長の人間的豊かさ、離島医療が受けた恩が、後に治彦が東洋学園のリハビリテーション学院で働くことになる第一の起点であったかもしれない。

治彦は三年間、対馬での離島医療を経験し、多くの島民と仲良く接した。患者とも親身に話ができるようになった。ある日事務長が「先生ご意見箱にこんなものが入っていましたよ」と一枚の手紙を差し出した。治彦に対する苦情かと思い手紙を開くと「対馬島民病院に名医あり。神農先生有難う。万歳！」と書いてあった。このような嬉しい感想が寄せられたのもご意見箱があったからこそである。ご意見箱に感謝する次第である。こうしてあっという間に楽しい三年間が過ぎて行った。

対馬島民病院での勤務は、大学から医学博士の称号をもらった言わばお礼奉公でもある。しかしそのお礼奉公が終わると、次の人事に対して有利な切り札が医局からもらえた。それは次の勤務地の希望を優先的に叶えるカードである。開業、就職、あるいは再び医局の人事に従う場合でも、希望の病院が言える。

治彦にもいくつかの開業医から誘いがあった。自ら開業するのにもいい年齢である。悩みもしたが、先輩たちの「まだ開業は早すぎる」とか「あの病院にだけは就職すべきではない」など多くの助言もあり、結局また長嶋医療センター整形外科に戻ることにした。そして関節外科を専攻し人工関節手術、関節温存手術などの手術を引き続き岩崎教授から学び、整形外科医としての幅を広げることになったのである。

# 第三章

# 長嶋医療センターへ復帰、そして決断

## 一、リハビリテーション学院への誘い

長嶋医療センターに戻ってみると、長嶋医療センターの医師たちが東洋学園リハビリテーション学院に多くの科目の講義に行っていた。リハビリを行う上では整形外科の知識は当然必要であるが、循環器、呼吸器、神経内科、脳外科など多くの医師が講義に出向いていた。今でこそ循環器リハ、呼吸器リハ、集中治療室（ＩＣＵ）のベッドサイドリハなど専門的に分かれているが、そのためには必要な講義であった

リハビリテーション学院は、元の長嶋中央病院時代、横内院長の進言に従い大山英一理事長がいち早く創設し、理学療法学科を開設した。九州で二番目の開設であった。その後、言語学科、作業療法学科を順次開設していくこととなった。

当然、リハビリ専門の学校は少なく九州各県から学生が集まってきていた。当時の受験倍率は三十倍。三十人に一人という難関を突破した優秀な学生ばかりである。リハビリテーションの国家試験も問題なく全員合格し、九州各地の

病院へ就職して行った。それが現在の実習施設となっている。

　開校初期は歴史と伝統を作った。しかし時代とともにリハビリテーションの専門学校は各地にでき、その後の人口減少と少子化に伴って学生数も年々減少し、県内の学生を集めるのも大変な時代となった。九州にはすでに四十校近くのリハビリテーションの専門学校が作られ、長崎にも大学を含め四校が設立されていた。学校経営の厳しさの波がこの自分の学院にも来ることを、大山理事長は察知していた。何か機会あるごとに、治彦に
「学院長で来てください。お願いしますよ」と言っていた。

治彦も恩には報いたいが長嶋医療センターで整形外科医としてすべきこともあり、決断は先送りにしていた。

　相変わらず高級な酒と食事、そして興味深い話と、本当にかわいがってもらっていた。考えてみたら不思議であるが、なぜか女性の話はした記憶がない。お互い品格だけは保とうとしてあえて避けていたのかもしれない。大山理事長の美酒美食の生活は相変わらずであった。原因は定かでないが、大山理事長は出張中に脳梗塞で倒れ左片麻痺の後遺症が残った。言語中枢は運よく麻痺から逃

れたため会話に障害はなく、その後も精力的に仕事を続けていた。そんなある日、大山理事長から治彦に、肺嚢胞があり手術すべきかどうかという相談があった。

肺嚢胞とは、肺内に異常に拡大した気腔病変である。放っておくとその肺嚢胞が破れ空気が漏れて肺が潰れ、凹んでしまう気胸などを作る恐れがある。大山理事長の全身状態は脳梗塞、糖尿病、腎機能障害などいいところはなく満身創痍、不健康そのものである。全身麻酔下の手術であり合併症を考えるとリスクもある。しかし悩んでいてもしょうがない。これ以上様子を見ていたら、本当に手術ができない体になってしまうかもしれない。

「私は手術を受けることをお勧めします」と治彦は言った。

「胸部外科の田口先生は技術のみならず人間として信用できます」と続けた。

「わかりました。先生がそう言うなら手術を受けましょう」

大山理事長はあっさり返答した。悩む様子もなく、治彦は少し拍子抜けした感じであった。家族には相談せず大丈夫だったのだろうか。

手術予定はすぐに決まった。当然家族の同意書も得ているはずである。数日後、全身麻酔下に田口先生の執刀のもと、胸部の肺嚢胞の手術が終わった。

その直後、田口先生から「すぐに集中治療室（ＩＣＵ）に来てください」と院内電話があった。治彦はいやな予感を抱きながら集中治療室へと急いだ。術後のトラブルというと、最初に頭に浮かぶのは術後覚醒しないことや痛みが予想以上に強いこと。あるいは何か間違いでも生じたこと。色々と思ううちに理事長のベッドサイドについた。

大山理事長の元気な顔を見て不安は払拭された。声も出た。真っ先に治彦に報告をしたかっただけのようである。

手術は終わり、退院後もその時々で大山理事長からは、

「先生、学院長で来てください」と丁重にお願いされていた。

おそらくこのような物言いは普通されないはずである。治彦にも葛藤はあった。齢六十にして色々と思うことが誰にでもある。このまま一介の医師として六十五歳の定年まで部長として働くかどうか。子供たち三人の学費も公務員の給料ではおぼつかない。勤務医の退職金は医局人事で転勤、転勤で小間切れになり各病院から支払われる。そのため各病院の勤務期間が短く多額も望めない。

悩みはそのまま継続され、何も変化はなかった。

## 二、恩師との別れ

岩崎教授は股関節の専門医であり、治彦が対馬にいたころは一緒にリウマチ疫学研究班の一員として研究に協力していただいた。教授は大腸癌を患い手術をされていたが、その後は部下の教育・研究と精力的に教授としての仕事に専念されていた。長嶋医療センターに戻った治彦は、週一回の手術と月二回ほどのゴルフを岩崎教授と共にしていた。

治彦らが手がける手術は股関節疾患の患者がすべてである。解剖学的に説明すると股関節は下肢の付け根のいわゆる股《また》のところで、歩行の起点となる場所にある。股関節は球関節《きゅうかんせつ》と呼ばれており、骨盤の寛骨《かんこつ》にお椀のような形の臼蓋《きゅうがい》とそれに適合する丸い形の骨頭《こっとう》でできている。また大腿骨は大転子と小転子が

（図3）股関節レントゲンと解剖図

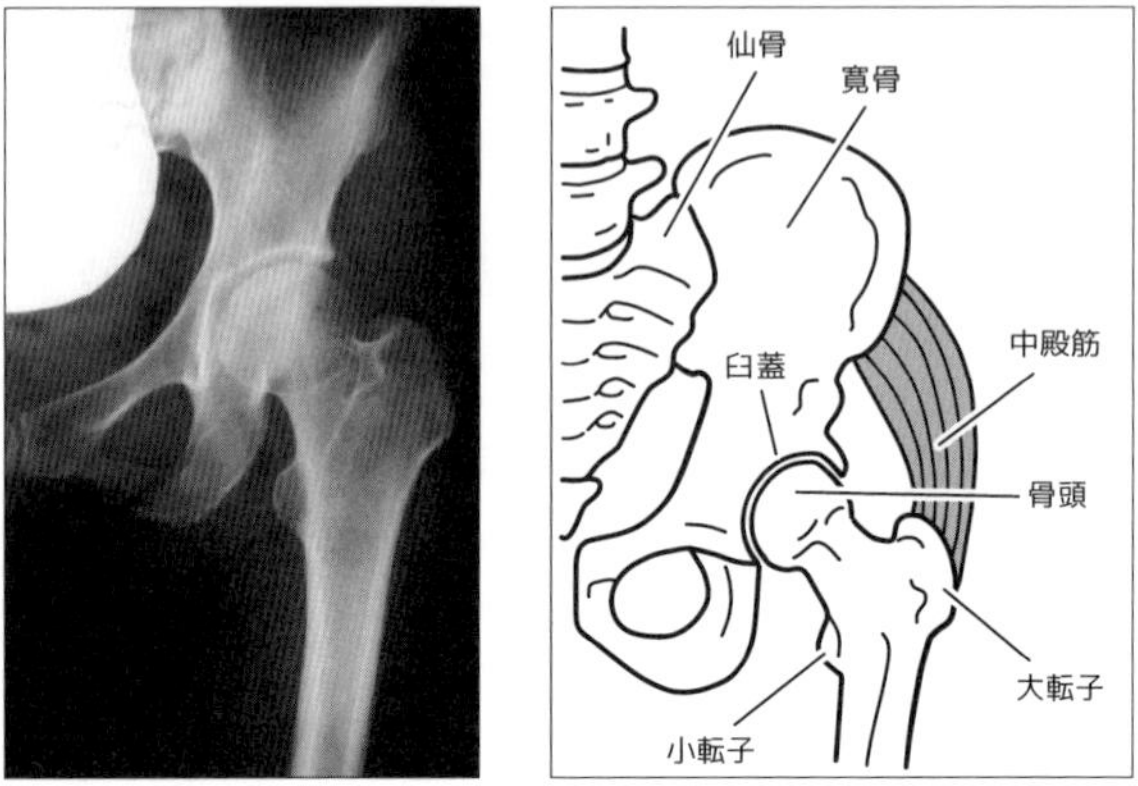


あり、大転子から骨盤の寛骨にかけて歩行に重要な筋肉である中殿筋《ちゅうでんきん》がついている。（図3）

　当時、岩崎教授は臼蓋《きゅうがい》と呼ばれる屋根の部分を外側へ回す「寛骨臼回転骨切り術」を習得されようとしていた。この手術は、股関節の臼蓋形成不全という生まれつき股関節の臼蓋の屋根の部分が小さい患者に対し、屋根の上の部分の骨盤を丸くくりぬいて外側に回し軒先を作るような手術で、その結果、体重を受ける面積を広げ、安定感を持たせることにより痛みを取るものである。（図4）

（図4）股関節形成不全に対する寛骨臼回転骨切術

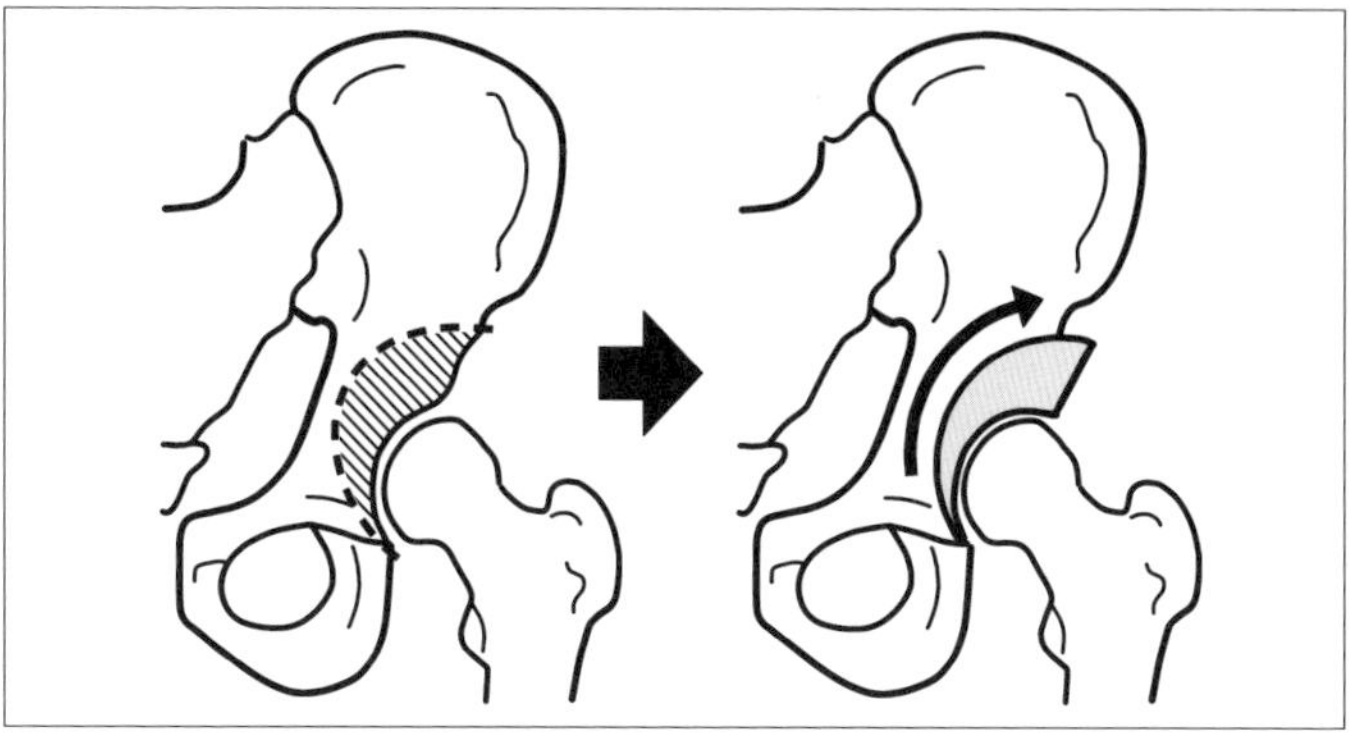

形成不全の斜線部分を骨切りし、外側に回して固定する

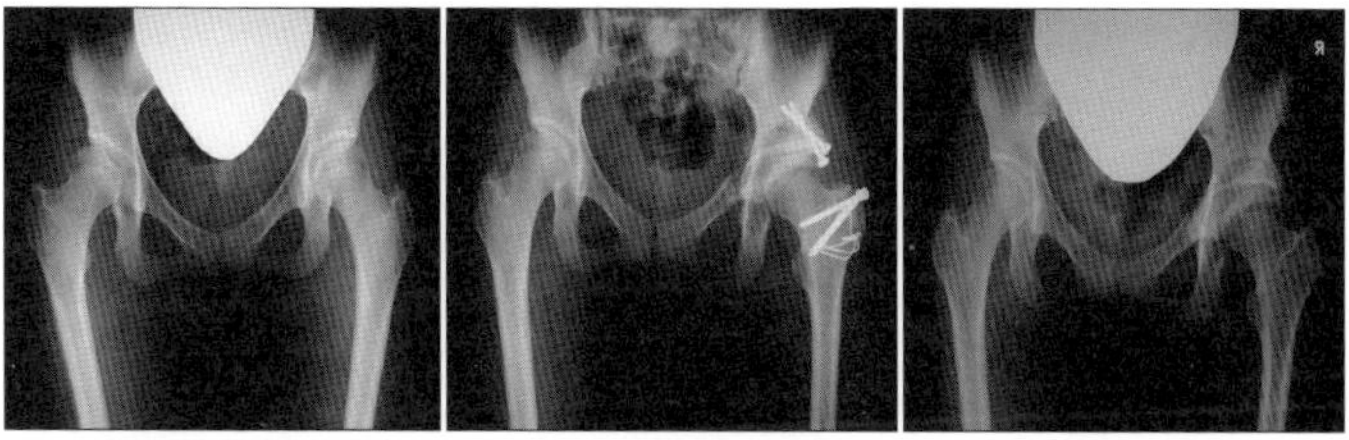

左股関節臼蓋形成不全　　寛骨臼回転骨切術　　手術後５年

この手術の適応は若くて軟骨が傷んでない患者がいちばん良いのであるが、四十代以上であっても変形が強い患者には、人工関節の適応年齢になるまで約十年から二十年間痛みを抑える時間稼ぎの手術として行われていた。

教授にとっても新たな試みで、教授が執刀し治彦と大坪先生が助手を務めて三人で手術を始めた。最初のころは手術時間は四時間、出血量は千五百グラムとまさに大手術で、一年間ほどは苦労した。手術場ではみな真剣であり教授も必死である。助手も何も言わず従った。

ある日の手術で回転した臼蓋の骨を止める際、教授が手にしていた金属のワイヤーが大坪先生の肘に刺さったが、それでも我慢して手術していた。

術後、大坪先生は治彦に
「先生ほら」と肘を差し出した。

なんと術衣の肘のあたりから血がぽたぽたと落ちているではないか。笑うに笑えないが教授には何も言えないこともあった。治彦も臼蓋の骨を固定する金属ワイヤーが骨の中に入って見えないとき、なかなか抜けずに苦労していると、

「整形外科医なら抜いてみろ」

と言われ、教授が撃ち込んだ金属ワイヤーを必死に抜いた記憶もある。こうしながら治彦たち三人の技術も向上した。手術も二時間、出血量も半分くらいになり、早く終わるようになった。

教授を含めて三人は手術のチームとして親しくなっていった。教授はそのころゴルフに夢中になり始め、よく誘われるようになった。ゴルフというものはスコアが百を切るぐらいが一番楽しく、雨でも雪でもやりたいものである。治彦も大坪先生もハンデが十五であり、そのころの気持ちがよくわかる。早くスコア百を切って教授に喜んでもらいたいと願うが、こればかりは教授次第である。

「神農君、日曜日ゴルフしようか」

と教授からよく声がかかるようになった。教授の提案は誘いでなく命令である。治彦と大坪先生は「はい、了解しました」と二つ返事で答えた。

ゴルフは治彦の住んでいる長嶋カントリークラブでいつも行っていた。教授との約束の日のことである。その日は朝から大雨で無理だと判断し、長崎に住む教授に電話した。

「先生、こちらは大雨でとても無理です。中止にしましょう」

「うーん、こっちは少しだけだよ、大丈夫だろう」

何となく未練のある話し方である。本当に雨はひどくわざわざ来ても無駄だと確信し、

「いや、こちらはものすごい雨ですよ。あきらめましょう」

「うーん、わかった。じゃあ次回としよう」

ほっとして、次にやはり長崎に住む大坪先生に電話したが繋がらない。一瞬遅かったのかもしれない。電話に出ないところをみるともう自宅を出たのであろう。当時は携帯電話などない時代である。中止の連絡にはゴルフ場に行くしかない。治彦は午前九時ごろゴルフ場に出かけた。すると九時半ぐらいに雨は上がり晴れ間が見えてきた。その時、大坪先生がゴルフ場に到着した。

「教授に中止と連絡しました」

「もったいない、これならできるよ」

「確かに」

教授になんと言い訳をしたらいいかわからぬまま、二人でゴルフを楽しんだ。

後日、岩崎教授は治彦に
「あの日は、さあ今日は百を切ろうと張り切って靴下を履いていた時だったのだよ。本当に残念だったな」

まさに子供のような口惜しさが伝わってきた。とても「二人でゴルフ楽しみました」など口が裂けても言えない。「そうですか…」話はそれ以上続けられなかった。

手術では教授として、ゴルフでは仲間として付き合い、尊敬する存在であるが徐々に距離感はなくなっていった。そうしているうちに一年が過ぎ、教授から年賀状が来た。教授ともなると出さねばならぬ年賀状の数が多いと想像される。我々医局員にはありきたりの文章となるはずだ。ところが今年は直筆で「神農君にはいろいろと世話になって有難く思っている。リウマチの研究は君にしかできないことなので頑張ってほしい」

と意味深な年賀状が届いた。

二月の寒い時であった。長崎で整形外科関係の講演会があり、講演された演者を治彦も知っていたこともあり、講演会後の食事会に呼ばれ岩崎教授と共に過ごした。何ら変わった様子もなく、元気そうにされていた。

「今週金曜日、手術宜しくお願いします」と言って別れた。

岩崎教授が入院したのはその二日後のことであった。急変ではないが何かがあったのであろう。入院も短期ではなさそうである。入院中の岩崎教授から電話があった。

「神農君、手術のことだが、今度の患者は先生に執刀してほしい」

意外な言葉と弱気な語気に

「私が手術していいのですか？」

「もう君ならできるし、入院が長くなりそうだからお願いするよ」

もともと治彦の患者であり、対馬からわざわざ出向いており、すでに入院している。岩崎教授がいないと手術スタッフのチームとしてのレベルは下がるかもしれないが、治彦も以前よりこのような状況を想定し常々手術の予行演習はしていた。

「わかりました。やっておきます」

手術は無事終わった。教授から見て教わった手術手技は頭に蓄積されていた。治彦にとって股関節形成不全患者の寛骨臼回転骨切術の一例目である。対馬での人工関節手術の一例目と同様に、経緯も患者の名前も忘れられないものとなった。

その後の教授の容態はわからぬままである。再度手術をしたとの噂もあった。しばらくして治彦は、教授から入院先の病院に呼ばれた。ほとんど寝たきりの様子で、食事が口を通らないのかずいぶんと痩せが目立った。病院の状況、リウマチ研究班のことなど教授としての責任感から多くのことを質問された。まだまだ教授としてやっておかねばと言う感じであった。最後に

「神農君、大学に戻ってくる気はないかな」

頭の中に「どうして、今なのか」と言葉が浮かんだ。優しい言葉であったが、治彦に返す言葉はなかった。口には出せないが、教授の今後を思うと何も答えないほうが正解だろうと思った。

それからまた数カ月が経ったその年の六月、ついに教授は帰らぬ人となった。葬儀は大学の講堂で物々しく行われた。治彦は遅れてはならぬと一番にその会場に出向いた。辛かったのは同門会葬での前教授の弔事である

「遺影の前に立つとき、君の眼差しは将来を見据え希望に満ち満ちているではありませんか」

この言葉が還暦六十歳の働き盛りの現役の教授に贈る言葉とは。無念であったろう。やりたいことはたくさんあったはずである。教授に対し何もできなかった治彦は悲しくも辛かった。

岩崎教授が亡くなり、長嶋医療センターでは教授の力を借りることはできない。それからは股関節、膝関節の人工関節と関節温存手術を治彦が中心になって行うようになっていった。

## 三、顔面神経麻痺を発症

長嶋医療センターはますます巨大化し、新しいシステムも導入して忙しさが日に日に増していった。手術、会議などで多忙なそんなある日の管理当直の時のことである。寝る前である。洗面所で唾を吐いたところうまく吐けない。「うむ」と思い鏡を見ると顔が非対象で左の顔が歪んでいる。唖然とした。脳梗塞かと思い内科当直医を呼んだ。運よくその日の当直は神経内科の岩永先生である。彼はすぐに飛んで来てくれた。

神経内科的には顔面神経麻痺だと診断。それが中枢性か抹消性なのか額の皺を診て末梢性との予測はしたものの、急いで　頭部ＣＴ（コンピューター断層撮影）、脳ＭＲＩ（磁気共鳴画像）検査をしてくれた。

思い返すと朝食時「何か味がおかしい」と感じたことを覚えている。外来では診療中、やけに左目から涙が出て変な感じであった。昼食も何か食べ辛く半分ほどで食事をやめたのは確かである。

結果は末梢性の顔面神経麻痺で、耳性帯状疱疹（ラムゼイハント症候群）であった。この原因は体に内在するヘルペスウイルスの一種である水痘帯状疱疹ウイルスで、免疫力や体力が落ちた時に活性化され、顔面神経を侵す病気である。治彦の場合、顔の歪み、皺の消失、瞼が閉じない、口元の緩みで水が漏れる、難聴、めまいなどの症状がおきていた。

岩永先生の動きは早かった。すぐさま院内薬局に行きステロイド内服薬プレドニン六〇ミリグラム、なんと一錠五ミリグラム十二錠を処方して持ってきてくれた。プレドニンとは副腎皮質ホルモン製剤で、体内で生じた炎症、過剰な免疫反応を抑えるために使用されるものである。治彦の場合、麻痺を作った原因の顔面神経の炎症を抑えるために処方してくれた。

「先生、急いで飲んでください」

治彦は水漏れのする口でどうにか飲み込んだ。一般的には何かの疾患で炎症が強い時にプレドニンを五ミリグラム程度処方するのが普通であるが、その十二倍の量である。しかしこれが、後遺症を残さず治癒した最大の要因だった。顔面神経麻痺の後遺症は意外と残ることが多く、治療に苦慮するのが一般的である。治彦の場合、瞼が垂れ下がる眼瞼下垂などの後遺症も残すこともなく有難いことであった。

次の日は金曜で、午前と午後に人工股関節の手術二例の予定があった。昼からは難しい手術のため、股関節の専門医で熟練した腕を持つ大先輩の高須賀先生に応援依頼をしていて本当に助かった。

治彦は、昼休みに内服のプレドニンの代わりに同じ効果のあるステロイド剤のソルコーテフ五〇〇ミリグラムの点滴を受け、午後の手術に臨んだ。副腎皮質ホルモンは人体に加わったストレスに対する抵抗力を増す作用があり、いわば生命力の源でもある。しかし長期に続けると満月様顔貌《まんげつようがんぼう》とか体重増加につながることもある。

点滴したステロイド剤のおかげで逆に元気になり、手術も無事終わった。高須賀先生とは酒こそ飲まなかったが一緒に食事ができた。しかし相変わらず、眼は真っ赤で味覚もおかしく食べ辛い。

土曜日曜と、病院の外来でステロイド剤のソルコーテフ五〇〇ミリグラムを点滴した。その後は内服に変更し、プレドニン三〇ミリグラムを徐々に減量しながらの治療である。顔面の瞼横の皺がなく、またほうれい線もない。瞼は下垂し、赤い眼を隠すため眼鏡にマスクをしながら外来診療を続けた。

患者が患者を診察している状態は一ヵ月ほど続いた。それでも手術を休むわけにはいかなかった。ほぼ毎日が手術である。顔面神経麻痺が完全に戻るには三ヵ月程かかった。次第に特に瞼横の皺が二本、三本と増え、舌が口の中を動き回るようになってきた。最後まで残ったのは鼻穴が開かないことである。しかしそれも改善した。

この出来事を上司は何も知らなかったのであろうか。過酷な勤務に、このままでは殺されると思った。

崇高と見える医療業界でも医師の勤務体系はブラック企業と変わりない。平日は外来診察、長時間手術と金曜まで働き、土曜、日曜も患者の病態が気になり診察に出てくる。患者の具合が悪ければ夜も呼ばれる。医療倫理と過労死は紙一重である。治彦は、第一に患者、第二に病院、そして第三に自分のためと思って働いてきたのだが、少しこの順位を考え直す時が来た。死んでしまってはどうにもならない。過労死は、前からくるものではなく背後から追いかけてくるものだ。
治彦にとって、この顔面神経麻痺事件が病院を辞める決定的な出来事となった。原因を遡って考えると、左耳の耳介の内側に小さな水膨れのような膨疹《ぼうしん》ができ、なかなか治らなかった。痛みもあるため遠戚で知り合いの内科の開業医に相談した。いわゆるホームドクターである。返事は「脂漏性《しろうせい》湿疹」。しかし、なかなか治らない。痛みと耳介部の膨疹が継続するためもう一度耳介帯状疱疹《じかいたいじょうほうしん》ではないかと思い、その開業医に「ヘルペスでは」と質問したが一蹴された。たまたま長嶋医療センターの耳鼻咽喉科の先生に廊下ですれ違ったので、左耳を見せながら
「これどう思う?」と尋ねると
「ヘルペスじゃないですかねー」との簡単な答えだった。
治彦もそう思ったが、また「脂漏性湿疹」と言われそうで、遠戚の開業医のところには三回目の診察に行かなかった。
顔面神経麻痺の発症は、この数日後のことであった。なんと愚かな結果であろうか。もし麻痺の出現より診断、治療が先で症状が出ていなければ、病院を

辞めることはなかったかもしれない。

治彦の次の未来は不明であった。

## 四、決断

大山理事長からの誘いの後、突如生じた顔面神経麻痺が、治彦が二足の草鞋を履くことになる第二の起点である。治彦は大山理事長に相談した。

「私は単なる整形外科医であり、教育も経営も素人ですよ」と話を始めた。

「先生は何も心配しなくていいですよ。来てもらえるだけで充分です」と笑う。

「それでは申し訳なくて受けられません」

「では整形外科の講義だけをしてください」

「そんなに甘えていいのですか？」

「いいのです。甘えて下さい」

治彦の問いに、大山理事長は即座に返事を返した。

この理事長の巨大な人間力の渦に、治彦は巻き込まれていった。治彦の次の言葉は渦に巻き込まれ、消え失せていた。生来、慎重で大きな決断をしたことがない治彦は、あまりの条件のいい話に逆に熟慮した。気分良く運転している時に小さな子供が飛び出したかのように、慌ててブレーキを踏んだ。今はいいが今後何年務められるか、雇い続けてもらえるか、また不安が芽生えてきた。もう一度契約内容の話をする機会を設けてもらった。

場所は大山理事長が経営するイタリア料理店の個室。ワインを飲みながらの会食である。その店のシェフは女性で、礼儀正しく理事長が目をかけていた。カナダ、イタリア留学の経験もあり、単に食文化だけを学んだわけではないようだ。海に面した店の場所も雰囲気も、イタリア風で感じがいい。

「勤めるのはいいですが、私はある程度の期間は働かせてもらわないと困るのですが」

まず遠慮がちに、治彦が口を開いた。笑みを浮かべた大山理事長は

「先生、死ぬまでいてください」
それだけである。百戦錬磨、敵なしの回答である。治彦も「死ぬまで」と言われて「困った」とも言える訳がなかった。

理事長の秘書からとりあえず十年契約の書類をもらった。後に、法的には五年契約の書類しか作成できないとのことで「申し訳ありませんでした」と秘書が改めて書類を持ち訪ねてきた。治彦はほっとした。十年は長すぎるし、まだやりたい事もある。大山理事長もそこまで健在であろうか。心は落ち着いた。ところがそれも束の間、秘書は契約書を二通、五年ずつに分けて持って来ていた。結局十年分の契約書にサインをした。こうして治彦は、長嶋医療センターを辞職し、学校法人東洋学園のリハビリテーション学院に勤めることが決まった。

実はそれでもまだ金銭的には不安であった。住宅ローンもまだ残っている。三人の子供は皆、県外の医学部に通っていた。一人は私学の医学部である。医師信用組合から多額の教育ローンを借りている。さらにわずかな退職金を前借りしていたがまだ厳しい。

だがしかし世の中捨てたものではない。渡る世間に鬼は多くいることは知ってはいたが、不思議なこともある。大した努力もしていないのに、長嶋医療センターの辞職を心に決めた直後に第一整形外科病院の山本理事長から声がかかった。

第一整形外科病院は脊椎外科で有名な病院である。山本理事長は温厚で知識、技術ともに一流である。医師としての哲学を持ち、治彦も尊敬していた。山本理事長は以前より治彦に注目し、医師会等の講演会ではよく声をかけてくれていた。何か伏線があると感じてはいたが、ここにきて治彦に「第一整形外科病院の病院長で来てくれないか」と突然の話である。そして年俸もそれなりの額を提示されたのである。

これからは脊椎外科だけでなく関節外科の需要、必要性が高まるとの考えからであろう。外科医として手術ができるのは魅力的であるが、先に話をくれた大山理事長の義理と温情を忘れるわけにいかない。誰にも相談できない時間だけが経過していった。悩んでいるうちに、山本理事長のトーンが少し下がってきた。治彦が教育費、すなわち金に困っていることを理解したと思われる言葉に変わった。

「病院長で来てくれ」との話から「まずは副院長」でとトーンダウン。

「年俸も手術の数で決めさせてください」と、歩合制の給与へ話が変化した。

契約書もなく、いわゆる口約束だ。しかしこれは治彦には好都合であった。

治彦はもちろん、東洋学園リハビリテーション学院を選んだ。

# 第三章　長嶋医療センターへ復帰、そして決断

# 第四章

# 二足の草鞋

## 一、リハビリテーション学院での勤務

大山理事長は、治彦が第一整形外科病院で兼業することも許可してくれた。

「自由にして下さい」と笑顔で話される。

逆にこうなるとリハビリテーション学院の教育、経営を真剣に考えなくてはならない。学院長室はあるが、くつろげるようにと図書館の三階に顧問室を作ってくれた。まさかの好待遇である。

こうして二〇一四年（平成二十六）四月、治彦還暦の年に二足の草鞋を履く生活が始まった。

第一整形外科病院では週二回、月曜と水曜の午前中に人工関節手術を行う。また週一回の外来を木曜の午前中に行い、昼食を済ませてからリハビリテーション学院へ戻り仕事をしていた。

リハビリテーション学院では月曜、木曜の午後に会議が開かれる。月曜はリハビリテーション学院内での会議を行う。それは木曜の会議の準備のようなも

のである。

　木曜は午後一時半から東洋学園本部で、大山理事長を前にした会議である。テレビでよく見る中国ドラマの朝議のように、皇帝を前に左右二列に学園本部とリハビリテーション学院の職員が並ぶ。文武百官が並ぶほどではないが物々しい会議である。

　この場ではすべての事柄について詳しく説明が必要であるが、話し合いではなく最後は理事長の意思で決まる。緊張はするがその内容は勉強になった。大山理事長に権力はあるが決して傲慢ではない。治彦の仕事は経営であり、学生の確保である。

　入学者数と経営は切っても切れない関係である。近年人口減少とともに高校を卒業する生徒数はどんどん減っている。一方でリハビリテーションの専門学校は林立している。伝統、歴史だけではなく特徴を持たせ、魅力ある学校にして、選んでもらわなくてはならない。

　学生の確保のための学校訪問、オープンキャンパス開催。それにテレビコマーシャルの内容の吟味等、初めて尽くしの仕事で、治彦は困惑した。また入学式、卒業式の式次の作成も大変であったが、色々な知識が吸収できたことも事実である。

## 二、式辞

二〇一五年（平成二十七）、リハビリテーション学院の学院長として初めて挨拶する入学式の式次を作る。治彦は以前の式次を参考にしながら、新しい知見、知識を最大限に広げ考えた。

式辞と言えば、季節の表現とともに、入学者とその保護者に対する祝福と喜びの言葉、また来賓への謝辞も必要である。しかし大事なことは入学の意味と教育の信念であり、それを表現したかった。そこで学生に対し、入学式とは『未来への覚悟』を表明する場であり、ここリハビリテーション学院の新入生の場合『理学療法士、作業療法士、言語聴覚士になることへの決意』を表明する場であることを伝え、学院の歴史を語ることにした。

「本学院の歴史として、一九七〇年（昭和四十五）に、他の地域に先駆けて九州で二番目に理学療法学科を開設。以来、順次、言語療法学科、理学療法学科二部（夜間部）、作業療法学科を設け、現在ではリハビリテーションの主要三職種の養成に従事していること。

リハビリテーションの黎明期に設立し、伝統校として新たな飛躍を遂げており、現在全国でリハビリテーション部門の責任者として活躍している先輩たちの使命感、熱意、努力によって、本学院は高い評価を得ていること」

を述べた。さらに治彦としては、歴史伝統よりも次のことを学生に伝えたかった。

「第一に、本学院に入学した時点で、将来の職業が決定されている。従って、学生生活を謳歌しつつも、当初より『社会人としての良識』『医療職としての奉仕の心』更に『専門職としての使命感、責任感』を身につけるよう努力してほしいということ。

第二に、勉学することの楽しさ、充実感を味わい、生涯学習に繋げること。学問の厳しさは与えられるものではなく自ら己の中に求めるものである。自分で努力し、知識・技術を修得できると、その達成感が将来の生涯学習の定着に結びつくものである。

第三に、一般的教養を深め、情操豊かな人間性を身に付けること。特に医療の分野に携わる者は、深い知識、優れた治療技術は必須である。プロとしての医療人に求められるのは、共感の提示と病める人々、あるいは障害を持った人々を包容できる人間的な豊かさである」

この三点を強調したかった。

治彦は最後に、次の言葉を続けた。

「医療の将来を考えた時、やがて仕事の大部分がコンピュータで代用できる時代が来るかも知れません。しかし唯一、人間にしかできないことは価値を加味して診断、治療を行うことであります。そして患者の価値を知るためには、自己の内的成長に寄与する書物や優れた人格に多く触れ、やがては人間性豊かな医療人となることを期待します」

話は長くなったが、どうにか無事に終了した。

入学式が終わると次は次年度の学生募集である。学校訪問、オープンキャンパス、テレビコマーシャル、講演会の開催と、アイディアが頭を駆け巡った。

## 三、学校訪問

治彦がまず取り掛かったのが、学院長直々の学校訪問である。今までは進学指導の担当教員が高校の進路指導の先生を訪ね、学院紹介のパンフレットや募集要項を差し出して一般的な挨拶をしていた。相手も、多数の学校が挨拶に来るので、そこそこの挨拶で受け取るだけになる。その後、渡した募集要項等がどう処理されていくのかは分からない。やはり、学院長自らそれぞれの高校の学校長に挨拶に出かけ、敬意を表することにした。

季節は五月初め。かなり日差しが強くすでに夏の暑さである。ほぼ公共の交通手段もなく自分の車で移動した。

まずは佐世保市で一泊し、平戸市の高校を訪問した。長崎県北部は高校を卒業した生徒が福岡県に流れやすく、その志向を食い止めたかった。歓迎はしてくれたが、そもそも生徒数が少なく希望者がいなとなれば仕方がない。

一方、島原地域は希望者はいるが熊本志向が強いところである。なんとか県内地元の魅力を伝えなければならないが、距離的にも時間的にも熊本の方が近い。学院までのスクールバスもなく、通学も困難でもある。そして何といっても熊本は都会であり、生徒たちは都会に憧れる。学院の魅力をアピールする努力はしたが、反応は鈍かった。

離島も同様である。例えば対馬の行政区分は長崎県だが、経済、教育となると福岡博多との交流が盛んである。福岡にもいくつかのリハビリ専門学校ができたため、若者たちは都市感覚のある福岡の街への憧れを抱く。しかも充実した奨学金制度もある。以前は学院に多くの入学者を送ってくれていた離島からも、今はほとんど来なくなっていた。

ある時、治彦は意を決して東洋学園の学監と共に対馬の高校を訪問した。学監は元県立高校の校長である。治彦は以前対馬の対馬島民病院に勤めていたことがあるので、まず病院を訪問し、医療とリハビリの現況を聞いた。当時の若手職員が二十年後の今、多くは管理職となり喜んで迎えてくれた。年休をとって自ら車の運転をしてくれる昔の仲間もいた。

病院を離れ、目的の高等学校を訪問した。夏の暑い日だった。車を降りて学校の校舎まで歩くだけで汗が出てくる。受付で簡単に自己紹介と挨拶をした。いつもそのようにしているのであろう。さらりと二階の普通の教室に案内された。出てきた進路指導の先生は若い女性であった。何となく無表情であり、泊りがけで汗を拭きながら訪問した我々は顔を見合わせた。

夏休みで誰もいないのか、静かであった。クーラーもない暑い部屋で話は始まった。

「東洋学園、長嶋リハビリテーション学院の学院長です」と、治彦は名刺を差し出した。

　一生懸命に懐かしい対馬の話を交えながら、リハビリ職の重要性、これからの需要を話したがなかなか響かない。

「そうですね。わかりました」

　味気ない返事だった。席を立ち一階に降りたところで学監が口を開いた。

「校長先生はおられますか？」

「あ、はい……」不思議そうにその進路指導の先生は校長を呼びに行った。

　職員室から出てくるなり校長は学監に気付き、

「先生、どうされたのですか？」

と慌てた様子で二人を校長室に案内した。

　涼しい部屋でソファに座ると、改めて冷たいお茶が出てきた。これも学監の作戦のようで、この学校の校長は学監が現役の校長時代たいそうかわいがっていた部下だという。それを承知で、帰る間際まで知らぬふりをしていた。

　最後には校長から
「しっかりと生徒に長嶋リハビリ学院の話をします」という言葉を引き出した。

学監はにやりと笑い「じゃあ失礼するよ」と言った。治彦たちは学校を出た。学監のおかげで校長と話ができたことで、博多の専門学校は離島までの旅費を半分出してくれたり入学金を免除したり、あの手この手で入学者を確保しているという現状もわかった。離島からの学生誘致もなかなか厳しい。

対馬から戻りしばらくして、県内の大規模な高校を順番に訪問することにした。そしてある名門の私学の高校に事務の職員からアポイントメントを取ってもらった。

「学院長がご挨拶に行きたいと言っておりますが」

「忙しい、来なくて結構だ」とのつれない返事。そこでもう一度、

「校長先生のお暇な時でいいですから、都合に合わせます」

と丁重に、下手に出て、再度連絡を取った。

「十日の午後三時までに来るように、少しなら会える」との返事が返ってきた。

訪問日が決まると、治彦はまず訪問先の学校のこと、特に学業、スポーツに力を入れていることとその成績。また、そこの学校からの学院への入学者の現

況、卒業生の就職先など詳しく調べた。あまり入学募集を表に出さぬ話題を用意した。午後三時に遅れぬよう、十分ほど前には校門に着くように行った。

学校の玄関ロビーにはなかなか立派な壺が展示してあり、少し興味がそそられた。校長室でしばらく待つとおもむろに校長が現れた。一般的表情で怖くも優しくもない印象である。浅く広く話をはじめた。

「うちの学生はどんなところに就職していますか？」

この質問はこの面談において大きな意味があった。治彦は事前の情報収集でしっかりしたデータを持っていた。

「山田整形外科に就職して楽しくやっているようです」

すると校長が反応した。

「山田整形の院長は私の小学校の同級生です。彼はとても優秀で私なんかとてもかないませんでした」

校長の言葉は、治彦に勇気を与えた。

「山田院長は私が長嶋医療センターに部長でいたころはまだ研修医で、私が整形外科の指導をしていました。それ以来よく知っていますよ」

この瞬間、校長の態度に感情の逆転があった。治彦は医師としての知識と趣味の骨董品の知識を最大限活躍させた。

話は多岐にわたった。校長は美術品に興味がありそうだと考え「玄関にいい壺が飾ってありますね」と話を振った。即、

「あれは私個人の壺なのですよ」と校長。

お互いお目が高いという感じになった。話は弾み、治彦は学院の就職率の良さや、リハビリ職は看護職に比べ離職率が低いことなどを話した。面会時間は大幅に超過し、校長には喜んで指定校推薦の提案も受けていただいた。最後はなんと玄関の靴箱まで来られ、治彦に靴べラを差し出した。これが電話で門前払いを受けた学校だろうか。治彦の学校訪問の緊張感は、有難い満足感に変わった。

次に訪問した学校は、生徒の意思、創造力を尊重する若手の理事長兼校長である。そこは会社組織の中に学校があるといった感じであった。職員の接遇態度はよく教育されており治彦は何ら粗相もなく理事長室に案内された。生徒も

立ち止まって挨拶をする。礼儀正しい。スポーツで有名な学校であったが、玄関には大学進学の合格者名が掲げられていた。そこには有名国立大の名もあった。理事長室には生徒の作品と思われる絵画、デッサン、それに貴重な調度品が並べられていた。理事長は、若くして父親の後を継いで苦労されたと思われる丁寧な物言いであった。

まずは一般的な話から始めた。甲子園出場が決まっていたので野球の話をした。スポーツだけでなく進学についても

「最近は大学進学もすごいですね。京都大学、広島大学の合格者も出しているのですね」

と玄関の合格名簿をきっかけに話を進めた。

理事長からは、生徒の目指すものはすべて受け入れること、個々の個性を大事にし、芸術でも音楽でも才能があれば受け入れる方針であることと、その意欲が感じられた。

話の中で卓球をしていたことが分かり、その話を切り口にした。治彦も高校時代大村、諫早、島原の中地区では優勝していた。理事長もかなり強かったら

しく現在の卓球の技術の変化、日本卓球のレベルなど話が繋がっていった。

治彦は大学時代、九州の医学部の大会でも団体戦、個人戦で活躍していた。

さらに

「ダブルスのパートナーの具志堅先生は、今では日本卓球協会ジュニアのチームドクターとして張本智和選手の海外遠征にもついて行っています」

など話を続けた。こうなると卓球外交と同じである。親交を深めるには十分であった。

教育業界、医療業界それぞれ違う分野ではあるが、互いに興味があり話も斬新で面白い。話の中で相手の性格、知性、教養まで読み取れる。話は尽きない。いい経験だ。最後はリハビリの重要性を強調し、進路指導の学校の一つに入れてもらった。

話は終わり、治彦は玄関まで理事長に案内された。事務室の前では職員一同起立して見送ってくれた。その時も理事長が靴ベラを差し出した。トップ自らの丁寧な振る舞いに治彦は感じ入った。さらに理事長は、治彦たちが駐車場へ向かう間中、玄関に立ち、見送ってくれた。恐悦至極であった。

上に立つ人が持つべき姿かもしれないと治彦は思い、学院へ戻った。学校訪問はかくして人を見る場となり、翌年からは楽しみをもって出かけることとなった。

## 四、オープンキャンパス

着任してすぐの四月のオープンキャンパスは初めての経験で、第三者的立場で見学した。最初の挨拶から各学科の説明、学院内見学、最後の挨拶まで、何か暗い。プロらしい説明もなく、淡々と話し、笑いもなく進行する。終わると三々五々、生徒も保護者も帰って行く。まるでお通夜のような感じであった。これでは当然、学生の集客は期待できない。保護者も興ざめであろう。

治彦は専門家でもないが、次の年のオープンキャンパスは自分のイメージですべての内容に変更を加えた。まず司会者を物腰の柔らかい女性の先生に変えた。さらに柔らかくもしっかりした口調で話すよう注文を付けた。各学科の説明もその学科長に変えた。その科の特徴を見学者が十分に理解できるようなわかりやすい説明をするよう指示し、使用するスライドのチェックを何回も行った。

最初の学院長挨拶は治彦自ら、家族にリハビリの魅力と学院の歴史、伝統を語った。そしてこれからの高齢化社会におけるリハビリ職の重要性を説いた。学院長の挨拶は保護者との対話である。保護者が納得しなければ子供を学院に預けない。授業料も出てこない。いかに保護者との距離を狭めるか、その一点である。

治彦は幸い地元の高校出身で知人も多い。また手術を多くしてきた事で手術患者の家族との面識も多い。オープンキャンパスでは常に手術絡み、地元絡みで数人の家族から声をかけられた。手術結果が保護者の信用となり、入学の意思を固めるのには十分であった。

見学する生徒に魅力を感じさせるのは各学科の先生の仕事である。簡単な実技を紹介し生徒に興味を抱かせた。説明会の半ばにはコーヒーブレイクを設けた。各テーブルで、見学者が希望する学科の講師とさらには在校生も交えてしばし歓談する時間を作ったのである。在校生の話は学院の雰囲気を伝える手段として有効であり、学院に対する親近感を持たせることができた。

最後はビデオムービーである。治彦は、どうすれば生徒や保護者に感動を与えられるか検討するよう指示していた。理学、作業、言語療法の各学科でそれぞれのパターンを作成した。

理学療法学科が制作したビデオムービーは、ある患者と理学療法士の二人三脚の物語である。

「脳梗塞で倒れ歩行が不自由になり車いす生活となった患者。人生を諦めなかなかリハビリが進まない。そんな中、患者の入院中に妻が亡くなる。患者は理学療法士（ＰＴ）の励まし、熱意により、妻の墓参りのためリハビリを頑張り、ついには歩いて墓参りができるようになる」

まさにリアルなストーリーである。最後に患者が理学療法士に対し

「あなたがいてよかった。有難う」

と言う。感動して涙を流す保護者もいた。

オープンキャンパスのイメージも、あのお通夜状態からだいぶ変わり活気が出てきた。残る問題は授業料である。決して安くはない授業料、実習費用。色々と考え授業料の減免、離島へき地奨学金制度など、頭をフル回転させて考えた。なかなか経営は厳しいが、先行投資もせず利益を得ようとするのは不可能である。

「蓄えた貯金通帳を眺めているだけでは人生を投影しているにすぎず、何ら生産性のないことだ」

と治彦は常々考えていた。

伝統と歴史を語るだけではどうにもならない現状を、生産性を高め、前向きに進めるために苦労だけは惜しまなかった。大山理事長の、

「いいのです。甘えてください」が、いかに恐ろしい力のある言葉かわかった。

## 五、第一整形外科病院での診療

治彦は第一整形外科病院では週三回午前中勤務することにしていた。月曜、水曜の午前中が手術である。ほとんどが人工関節手術、特に股関節の手術である。木曜は外来診療で、主に股関節、膝関節の患者を診察し、必要な患者には手術を勧めた。

手術は、長嶋医療センターで手術の待機待ちをしている患者五十名ほどのうち、了解した患者について第一整形外科病院で手術を引き受けた。

外来も、長嶋医療センターで治彦が年に一度か半年に一度、術後の経過観察のため診察していた患者たちが、第一整形外科病院を受診してくれた。千人程度いたので、五十週で分けても毎週二十人ほどはいただろうか。

そういうわけで外来診察、手術と勤務当初から忙しい毎日が続いていた。治彦が就職する条件として出した、手術室を無菌状態にするシステムを持つクリーンルーム（無菌手術室）の改修は、なかなか実現しそうにない。

病院側は何となく治彦の手術の技量と月々の手術件数を見ているようである。就職前に作り変えると約束していた無菌手術室は、やっと九月ごろ改修工事が始まった。申請許可や設計などに時間がかかったのかもしれない。あるいは治彦の着任後の手術実績がそれなりの評価を受けたのであろう。


午前中の約二時間の手術を終え昼食を摂ると、すぐにリハビリテーション学院に向かった。昼間の日差しは強く、特に夏場は停めている車の温度が四十度近くになる。さらに四十分ほど車を運転すると、手術後でもありかなりの疲労感を覚えた。倒れるほどのものではないが、瞬間的熱中症状態である。

午後一時半からは会議であり資料を確認し本部へと出かける日々である。今まで通勤時間は自宅から五分。それも歩かず、車を使用していた。六十歳の治彦にはこの昼間の移動が一番辛かった。

しかしながら不思議なものである。年老いてもだんだんとその置かれた環境に順応していく。手術も順調に進み患者も増えてきた。

手術は山本理事長の次女が積極的に手伝ってくれて助かった。トラブルもなく行えたのは麻酔科の金田先生と手術場の中山主任の力が大きい。金田先生は患者の術前チェックを怠らない。治彦が見落としがちな甲状腺機能障害、糖尿病のコントロール不備患者、脳梗塞疑い、術後せん妄を起こしそうな患者等に対し色々と助言してもらった。

手術場の中山主任は医療機器のチェック、材料の不備がないかと、治彦が不在でも確認を怠らず、また手術時の人員配置なども手術の難易度を見極め協力してくれた。

多くの人に助けられながら非常勤ながら週二件手術し、十人以上の入院患者の主治医として働くことができたのは不思議なくらいである。

当然問題があれば時間外でも日曜でも病院に出向いていた。どうにかやれる自信が出てきた。手術場も改装され軌道に乗ってきた。

人工関節手術は慢性疾患であり輸血はできるだけ避けたいものである。交通事故などの外傷で大量に出血し貧血になれば救命と言う大義名分で輸血は誰もが容認する。しかし慢性疾患である変形性関節症で手術をする人に他人の血液を輸血することは、感染、アレルギー反応などの副作用のリスクがあるため簡単にできないのが現状である。そこで人工関節手術のための貯血式《ちょけつしき》自己血輸血のシステムを導入した。

この自己血輸血とは術前に手術患者自身の血液を採取し摂氏四度で冷蔵保存しておき、術中、術後の出血に対し患者自身に戻す輸血のことである。

自己血輸血は他人のウイルス感染症などが移る心配もなくアレルギー反応もない。これは採決パックと主治医の努力だけでできるものである。

以前の長嶋医療センターでは看護師が患者の採血などすべてしていたが、ここではそうはいかず治彦も一緒に採血などを行った。また日本赤十字社の職員にわざわざ病院に出向いてもらい、手術予定の患者から採取した四百グラムの血液を採血パックに貯血し、日本赤十字社で保存してもらった。冷蔵保存の有効期間は三週間である。そこで採血から三週後に貧血の改善を待ち、手術を行うことができるようにした。

しかし自己血輸血の問題点としては貯血と手術の二回の入院が必要となる点がある。メリットもあるが患者の時間的負担も大きいことは事実であった。

とりあえず輸血の問題は解決した。次に治彦は院内に同種骨銀行（Bone Bank）を作ることに着手した。骨移植には自分の骨を使う自家骨移植と、他人の骨を処理して使う同種骨移植がある。同種骨移植とは、骨組織が欠損している部位に他人から得られた骨を移植し機能再建を図る。そのシステムは手術時に取り出した大腿骨の骨頭を手術まで保存しておくものである。

治彦は、股関節に骨欠損がある患者が手術を希望した時、その部分を埋める骨移植が必要になると考えていた。手術可能な同種骨は特殊なロベーターと言う加熱滅菌機があり、その中に骨頭を保存した容器を入れ、八十度の高温で処理し、骨頭の細菌、ウイルス等を死滅させる。その後、保存容器に入れた状態でマイナス八十度の冷凍庫に保存しておくと、アレルギー反応を抑えながら利用できる。

この骨頭保存により股関節手術の際、骨欠損のひどい患者に対しても手術が可能となり手術の幅が広がった。

しかし、いい話ばかりではなかった。ある時、人工関節手術のため採血保存した患者の自己血四百グラムが、病院の管理ミスで使えなくなった。ヘモグロビンとは貧血を示す指標であるが、手術前ヘモグロビン10の貧血の患者から四百グラム採血保存すると、患者の血液のヘモグロビンは8になっていた。

一般にヘモグロビンの正常値は12以上であるからこれはかなり厳しい数字である。これだけでも患者によっては輸血を必要する場合もある。

一般的には採決後三週間すると血液が作られ、ほぼ元の状態に戻ることを期待して手術を行うのが自己血貯血の目的であるが、採血保存した自己血も使えず、自己のヘモグロビン濃度も8・0から若干は回復しているが手術すると更に下がるのは間違いない。

治彦は病院の管理ミスを正直に患者に話をし、納得してもらって手術を始めた。治彦としては、絶対に輸血を行わない覚悟で臨んだ。術中の出血を最小限に抑えるしかない。

手術は止血を丁寧に行い手術時間もできるだけ短縮し最小限の出血量にする努力をした。また低血圧麻酔に止血剤の併用など麻酔においても金田先生の努力の甲斐あって、その患者は輸血せをず、手術は問題なく終了した。

　これを契機にヘモグロビン9・0までの貧血の患者であっても、造血剤の内服投与だけで手術が可能と考えた。怪我の功名である。自己血貯血をやめ、一度だけの入院手術に変更した。これは患者にとっても二回の入院という時間的負担を減らすことになり、手術希望の患者も増えることになった。

　骨銀行(Bone Bank)も整備され同種骨も使えるようになると、人工関節の再置換術、関節破壊や大腿骨頭消失など症状の重い患者に対しても手術ができるようになった。患者の口コミもあり、股関節、膝関節の変形、疼痛、歩行困難等のひどい患者が第一整形外科病院を受診するようになった。


　ある日、治彦の友人森村先生から患者の紹介を受けた。腰痛が続きを他の病院で一年程治療を受けていたが、とうとう歩けなくなり森村先生の病院を受診してきたそうだ。その患者の腰椎の単純レントゲンを見るとその下縁に股関節の変形がわずかに写っていた。本来は腰椎を撮影しているので股関節は見えないところであったが、運よく股関節の変形が見られた。治彦はそこに尋常でない異変を感じた。

単純レントゲンを撮り直すと、両側股関節の臼蓋《きゅうがい》（股関節上部の屋根の部分）と本来股関節の中にあり大腿骨を支えている丸く頭の格好をした骨頭部分が溶けているではないか。（図5－A）

急いでＭＲＩ撮影を依頼して診ると、股関節は両側とも臼蓋は屋根の上まで破壊され骨頭は消失している。

関節内は、骨屑のほかに関節包の滑膜組織が増殖して充満しており、さらに不要な関節液も貯留している。歩けるわけがない。

患者も患者、医者も医者、よく一年間も我慢していたものだ。時々股関節の悪い患者が腰痛で受診することがあるが、これは本当に酷い。

森村先生の判断は的確であり、治彦に紹介してくれたことに患者も感謝していた。患者は腰痛の原因がわかって喜んだが、治彦としては股関節変形の原因が何か調べる必要がある。細菌感染、癌の転移、骨腫瘍、関節包の滑膜が増殖し骨を破壊する疾患など様々な可能性を調べたがすべて否定的で、結局短期間に骨破壊が進むタイプの急速破壊型変形性股関節症として手術することになった。

普段はあまり使わない、関節が破壊され形が分からないような患者のために関節の形を大まかに作る、合金でできたＫＴプレート（手術用の金属板）を用いた。（図５－Ｂ）

通常は欠損した部分に自分の骨頭を使う自家骨移植をするのだが、自分の骨は破壊され消失しているため、他人の骨を骨移植する同種骨移植が必要であり骨銀行に頼るしかない。

ＫＴプレートでまず臼蓋の形を作り、そこに骨銀行に保存していた同種骨を小さく顆粒状にして欠損した臼蓋に詰め込む。そしてＫＴプレートと移植した同種骨の表面に人間用の骨セメントを広げ、そこに関節軟骨の役目のポリエチレンのカップインサートを固定した。

次に大腿骨の骨頭の下にある大腿骨頸部を切除。大腿骨の代わりをする合金

のチタン製の棒状の物（ステム）を挿入し工股関節置換術を両側に行った。（図5－C）

脚長差がないこと、どんな格好をしても脱臼しないことを確認し終了した。手術は両側とも無事終わり、痛みも取れ跛行《はこう》などの歩行への問題もない。手術中に採取した組織の病理検査でも悪性の所見は認められなかった。下肢の長さも同じになり普通に歩くことが可能になった。

今は下肢の筋力も戻り片足でも立てる。（図5－D）

他人が見ても手術したとはわからないぐらい回復した。治彦は、教育者とは違う整形外科医としての喜びを噛み締めていた。

患者は夢を見ているようだと喜び、治彦は深く感謝された。偶然であるが、この患者の息子はリハビリテーション学院夜間部の学生であった。兼業と称して一般病院に通う学院長を学生がどう見ているのか心配であったが、ある日学院のトイレで突然お礼を言われた時は、少し学生達との距離が近付いたような気がした。

（図5）両側急速破壊型変形性股関節症

腰痛を主訴として来院。レントゲンでは両側の股関節の破壊されている。

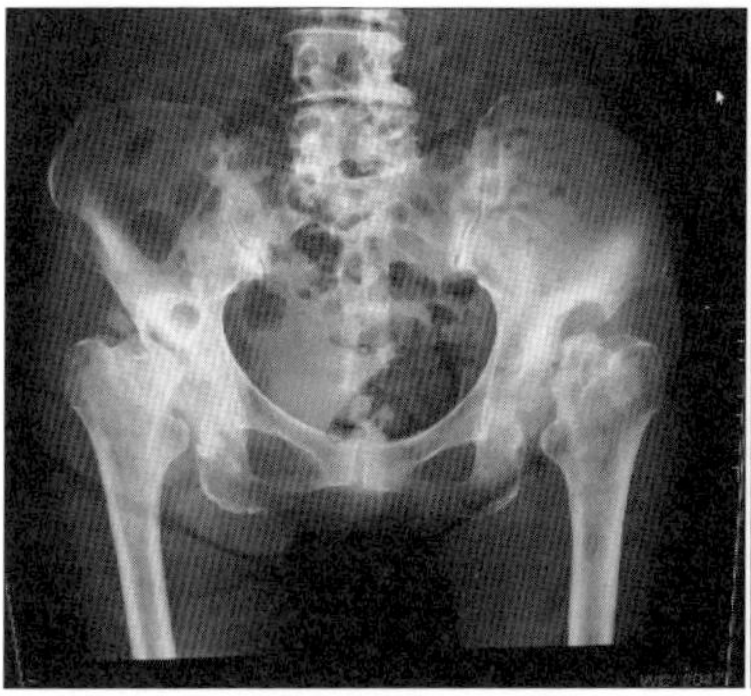

A：臼蓋が破壊され骨頭は消失

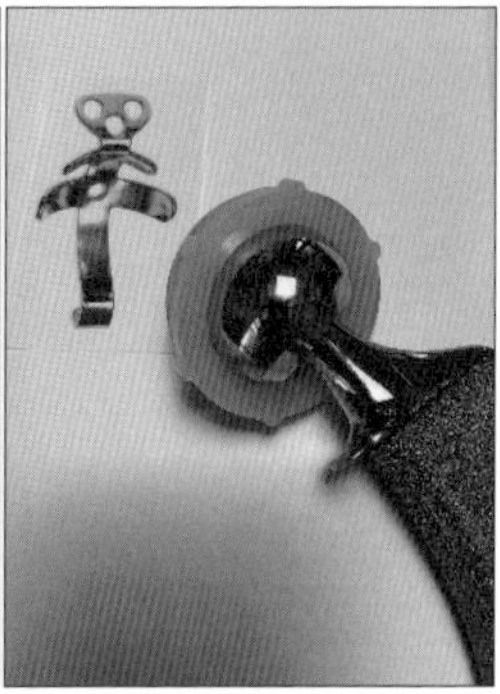

B：KT プレート及びポリエチレンとステム

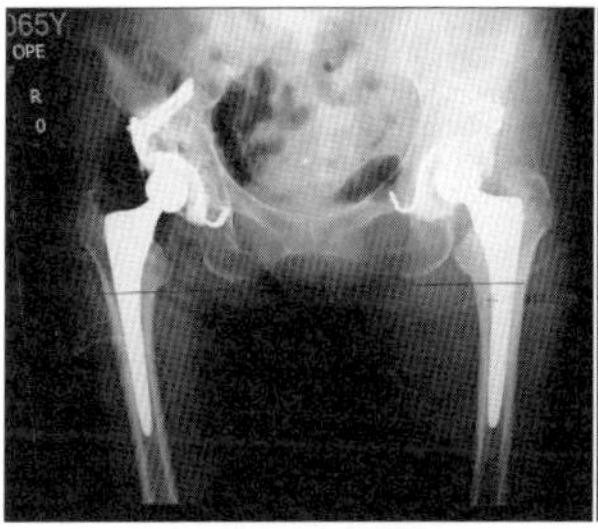

C：術後レントゲン所見

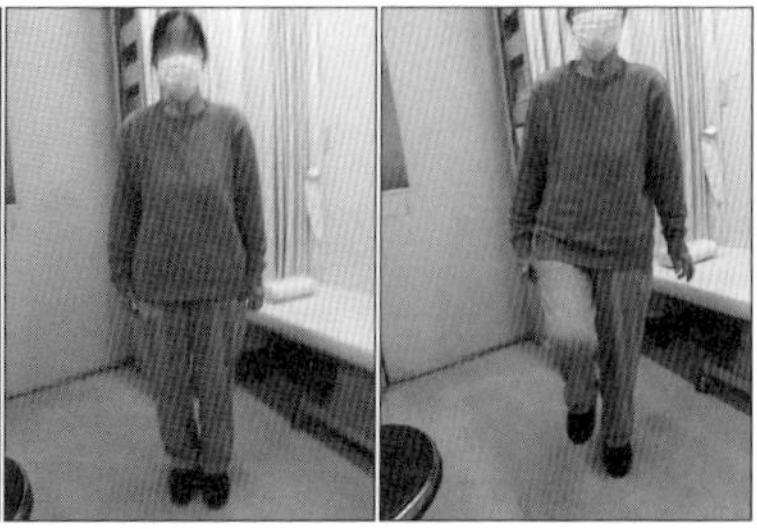

D：術後4年

C：手術は同種骨移植を行い KT プレートで臼蓋を形成し人工関節手術を施行。

D：歩行能力問題なく股関節痛、腰痛もなし。片足立ちも可能になった

# 第五章

# 母そして理事長の死

## 一、母、芳枝の死

二〇一五年（平成二十七）、治彦の母、芳枝はすでに八十八歳になっていた。夫の治平《じへい》を亡くし、ひとり暮らしの二十八年間は四半世紀を超える。長い期間だ。その間子供と孫の面倒を見、趣味の書道を唯一の楽しみとしていた。腕前は大したことはないが、展覧会等にも出品し多くの趣味仲間と知り合い楽しく過ごしていたようだ。

そんな八月のある日、足腰は弱り理解力も若干厳しくなっていた頃のことである。風呂で栓が外れ浴槽から立ち上がれなくなり一晩を過ごし発見される事態が生じた。今までは風呂桶に満々と溜まった湯の浮力を利用して立ち上がっていたようである。風呂の栓が抜け湯のない状態では、立ち上ることも風呂桶から出ることも無理であった。

翌日、配達に来た弁当屋さんに発見された。いつものように昼過ぎに弁当屋さんが母の家を訪ねると玄関のドアが開いていた。何か中から呻き声がする。前日の弁当はそのまま玄関においてある。

「これはおかしい！」

異変を察知した弁当屋さんが風呂場を覗き、母を見つけ出してくれた。二十四時間風呂場に監禁状態である。夏だったから助かったのだろう、冬ならば凍死である。救急車で長嶋医療センターに運ばれた。

治彦と面会できたとき、母は、意識はあるが意味不明なことを発していた。せん妄状態である。さらに一晩で腰と前腕に褥瘡《じょくそう》ができていた。高齢であり痩せて低蛋白の状態では褥瘡必発である。手術にはリスクもあるが、手術するならばできるだけ早い方がいい。

形成外科の藤田先生にお願いし即座に手術を受け、意識も褥瘡も完全に治り退院となった。いよいよこれで最期かと思っていたが意外な回復力。しかも頑固さも変わらず、まだ一人暮らしがいいと言い張る。

しばらくは治彦が勤める第一整形外科病院に入院し、リハビリによりどうにかひとりで歩けるようになって自宅に戻った。治彦から見るといつ最悪の事態になるか不安でしょうがなかったが、母親はのんきに楽しくひとり暮らしをしていた。

それから二年、どうしても体力、認知能力は低下していく。在宅医療、介護サービス等あるが一人暮らしは無理である。治彦は母親をどうにか説得した。説得の意味もよくわからぬまま母親は老人介護施設の「泉の里」に入所した。ひとり暮らしがよかったとの思いと東京育ちのお嬢様気質が年とともに母を幼稚化させ、変なプライドもあって施設の入所者との付き合いは少なく、食事も個室で一人でしていた。

しかし施設の人たちには「かわいいおばあちゃん」と大事にされていた。特に施設長は治彦との付き合いもあり非常によくしてくれた。施設長は県議会議員でもあり、リハビリテーション学院の学生のアルバイト先として施設を提供してくれていて、卒業式ではいつも祝辞を述べていただいていた。そういう関係で特によく気をかけてくれていた。

ある日、治彦が母を訪ねいつものように雑談をしていた。

「私、トイレに行くわ」と部屋を出て、部屋の横に設置してあるトイレに行った。

年を取るとトイレに行くのも下着を着たり脱いだりで時間がかかる。五分ほどしてドアが開いた。母は驚いたように治彦を見て
「あら、来ていたの？」と言う。

さっき「トイレに行ってくる」と言って出て行った母親の言葉に笑わずにはいられなかった。まあ、これも老いゆく道だ。しょうがない。

しかしこんなほのぼのとした老人施設での生活は長くは続かなかった。


二〇一五年（平成二十七）十一月七日午前中、第一整形外科病院の勤務中に治彦の電話が鳴った。「泉の里」からの連絡である。

「お母さまが食事を喉に詰まらせて、救急車で長嶋医療センターに運ばれました」

「それでどんな状態ですか？」

「酸素飽和濃度は三十九％です」

酸素飽和濃度とは血液中の酸素濃度である。一般的な成人では血中酸素飽和

濃度は九十七％から九十八％が普通であり、高齢者でも九十四％から九十五％はある。何らかの疾患で九十％を切ると酸素を投与するのが一般的であり、三十九％というのは意識がなく窒息で死んだのも同然の状態である。

すぐに長嶋医療センターへ向かった。集中治療室では知り合いのドクターとナースが待ち受けていた。総合診療科の泉先生から案内され母親のもとに急いだ。

「あら治彦ちゃん」

もう意識もなく挿管された姿を想像していたのにどういうことか。酸素飽和濃度は八十八％、生きて目を見て話ができているのには驚かされた。

数日後、集中治療室から一般病棟に移ったが、喉の喉頭蓋の部分は異常に腫脹しあまり声も出ない。食事も摂れずしばらくは点滴で経過を診ていた。

運よく誤嚥性肺炎は免れ一命は食い止めたが、さすがに元気はなくなり少しずつ衰えていった。その後も食事は摂れず点滴だけでは身も細り、体重は二十八キロに。治彦の家に飼っていた散歩不足の犬よりも軽い。全身状態は少し改善したが一進一退である。

「泉の里」の職員はよく見舞いに来てくれていた。交換日記のようにノートには「手を握ってくれた」「話ができた」など記載してくれてあった。やはり眠っている時間が多いのであろう。時々しか見舞いに行けない治彦にとってそのノートは温もりのある貴重なものとなった。

それから一ヵ月、さらに母の元気はなくなり、十二月の終わりにはもうゴールは見えてきた。そうなると高度医療機能を持つ長嶋医療センターには長居は無用である。

そろそろ転院と言う話が出てきた。皮肉にも正月は治彦の子供、孫の家族7人で阿蘇の旅館に行く予定を以前より立てていた。母親の命日が旅行中にならないとは誰も言えない。

せっかくの家族旅行をやめるか悩んだが決行することにした。母からすると冷たい家族に見えたかもしれない。泉先生に頼んだ。

「家族で旅行に行くから一月五日までは生かせておいてくれ」

「わかりました。大丈夫です。死なせません」

なんの保証もない会話であった。母の運気だけが頼りである。

心冷たい家族の寒い正月旅行は、何となく楽しくそして何事もなく終わった。旅行から帰り病院を訪ねると意外にも母は元気になっていた。

二〇一六年（平成二十八）一月七日、約束通り、終末期を迎えるための病院と称されている北病院に転院した。個室でゆっくりできる部屋を用意していただいた。

担当の言語聴覚士（ＳＴ）はリハビリテーション学院の卒業生で、嚥下障害のある母のリハビリを優しくしてくれていた。勝手だが治彦は母が亡くなる病院と考えていたのでそのＳＴの元学生に

「この病院が最後になると思うから、あまり無理しなくていいよ」と言った。

「はい、わかりました」何となく意味は通じた。

治彦はほぼ毎日見舞いに行った。ほとんど食べることができず意識もおぼろげな母の手を握り、帰り際これが最後になるのではと思いつつ「また来るよ」と別れを告げていた。

父親治平が亡くなったのはもう三十年近く前になるが一月十九日であった。

前日からの大雪でよく覚えている。治彦は母親のXデーは父の命日の十九日頃ではないかと考えていた。

しかし病院側は治彦の考えとは裏腹に母親の回復に意欲満々である。数日後まさに父の命日の十九日に「リハビリ・カンファレンスをするから家族も参加するように」

と北病院から連絡があった。忙しい中時間を取り、今さら……と思いながら治彦は病院のカンファレンスに参加した。

医師、看護師、リハ職員、地域連携の人だろうか、十人近く集まっていた。今後のリハビリ、経管栄養等前向きな話が出ていた。しばらくして「質問はありますか」と聞かれた。

治彦は

「今の状況でリハビリは難しいのでは」と怒りを抑え、低い声で話をした。

皆「何を言うの」という顔をしていた。それはこっちのセリフである。

「今の血液検査、生化学のデータありますか？」と尋ねた。

看護師が慌ててカルテを開いたが入院時の血液検査だけである。まあ入院時の血液検査一回だけでこと足りるのかもしれない。惜別の場所として選んだ病院なのだから。

入院時のヘモグロビンは5・9、アルブミンは2・0を切っていた。ヘモグロビンは貧血の程度を示すものであり正常値は12以上、アルブミンの正常値は4・1以上であり、どちらも一般成人正常値の半分以下である。普通なら輸血も必要であろう。しかしそういう患者でもない。少しトーンダウンしたところで、何となくカンファレンスが終わり、治彦は母親の病室を訪ねた。

母親はほとんど喋れる状態ではない。食事もほとんど入らない。しかし病院の地域連携担当の人であろう。

「長くは入院できませんから、次の病院を考えて下さい」と言われた。

治彦はそんなことはあり得ぬことと思っていた。黙っていると
「老健施設の泉の里か自宅でも」と荒唐無稽の話が始まった。

「自宅は無理でしょ」と答えると
「いや自宅でも在宅酸素とかいろいろ方法はあります」

もともと自宅が無理なので「泉の里」に入所したのだ。そして救急車で長嶋

医療センターに運ばれ一命をとりとめたが、最後は看取りの医療しかないと考えてこの病院に来たのに、まさに奇跡の復活劇である。

「まあ、わかりました。考えときましょう」

話は終わった。


その日も枕元に携帯電話を置き待機していた。しかし夜までは何事もなく終わり、ほっとして就寝となった。

翌二十日朝六時ぐらいであろうか、電話が鳴った。予感は正しかった。その連絡しかない。

「六時に見回りに行ったら亡くなられていました」

気の毒そうな声である。

「わかりました。すぐに行きます」

心電図をつけているわけでもなく、見つけた時が死亡時刻である。それは致し方ないことである。父親の亡くなった時刻から二十四時間経過していないのは同日に亡くなったのも同然だと思えてむしろほっとした。

治彦はすぐに病院に向かった。妻と二人だけである。母親の亡骸を見てもう何も言うことはなかった。心に言葉が浮かんだ。
「目を閉じて、何も語らず。痩せ老いた手のぬくもりよ、何をか語らん」

この日が来ることは以前から想定内であり、用意周到準備万端である。治彦は、葬儀社も同級生で昔からの友人の所と決めており早速電話した。葬儀社も「ガッテン」と言わんばかりに即座の返事。亡骸を病院に迎えに行ったものの、なんと長嶋医療センターに出向き「そんな患者はいません」と言われ、遅れて北病院に迎えに来た。少し用意周到すぎたようだ。

葬儀については　連絡先、遺影写真、戒名、挨拶の文章、すでに出来上がっており、あとは仕事の関係で告別式が何曜日になるのかが残された懸案事項であった。

母は治彦の都合が分かっていたのだろう。金曜の未明は家族にとって最も都合がよかった。東京の家族が急いで駆けつけても金曜の夜である。お通夜は土曜で皆が集まりそうだ。金曜は枕経、そのあと寺の僧侶と戒名料の話である。

生臭い話であるが、金額が戒名を決める。父は居士名であり母は大姉名が相応である。金額の話になったが、戒名料については当時、色々な噂が飛び交っていた。高額だという噂の方が多い。要は、言い値である。親戚等への連絡もしなくてはならないのでゆっくりと話し合いで決めるほどの時間的余裕はない。

治彦は父親から

「教育もそうであるが、宗教家は経典を教えるのでなく自分の信仰を教えるべきだ」

と聞いたことがあった。経典の中に戒名料のことでも書いてあるのであろうか。治彦が金額を提示し

「私はこれだけはお支払いします。これでダメならそちらで戒名は勝手に決めてください」

とやや強気の言葉で切り捨てた。基本的には寺の住職が決めるようであるがこれは有効であった。

「お布施とはそんなものですから」と枕経に来た僧侶は答えた。

よくわからないが、すんなりと終わった。

まだ金額が決まったわけではない。治彦はあまり宗教に興味はなく、先祖が仏教でありまた宗派がそうであったからそれに倣《なら》っているだけである。医師の使命は死を回避させることであり、死が人生のゴールと考えている。しかし宗教は死後の世界がありそこへ導くのが仕事である。そう考えると宗教が広大な宇宙に存在し、そこに信仰心が生まれるのかもしれない。宇宙とは何か、時間とは何かと考え出すと、容量が少ない治彦の頭は歪んでおかしくなる。治彦は死後の世界については考えてもしょうがないと思い、興味もなかった。現実が精一杯である。


かつて神農家の先祖は供養料として土地と田畑を寺に寄贈し、そこで収穫された穀物をお布施代わりにしていた経緯がある。しかし代々の住職の中でその田畑は売り飛ばされていた。

それを知った治彦の四代前の曽祖父自適が怒り、墓を寺から自宅近くの墓地に移した。

一方で、治彦の大叔父で日本南画院会員の一ノ瀬春駒は自分の息子の供養にと揮毫した立派な「阿弥陀三尊像」の南画を寺の本堂に寄贈している。

このような背景があり、戒名の件で寺を訪ねた治彦はやや強い口調で話を始めた。きっと住職も何かを感じ取ったのであろう。戒名料は意外とすんなり決着した。寺の言い値ではなくこちらの言い値となった。

土曜の夜に通夜、日曜の昼から告別式となった。戒名の件は片付いたが、今度は二つの職場をどう切り盛りするかという難題がある。

日曜は朝からリハビリテーション学院のオープンキャンパス。月曜は朝から第一整形外科病院で膝の人工関節手術の予定がある。手術予定の患者はすでに入院している。どちらも変更不能である。

土曜の通夜は学院、病院、職場、友人たちなど多くの弔問客があった。母の友人はすでに亡くなっている方が多く数はわずかであったが、不思議なことに晩年一番仲の良かった書道の友人である原口のおばさんが来なかった。治彦は母がなくなる十日程前、母の意識があるうちにと思いそのおばさんを自宅まで迎えに行き母のもとに来てもらっていた。
「何か変だ」姿が見当たらない。来ないはずがない。原口のおばさんに何かあったのではないか。しかしそれ以上考える余裕はなかった。

忙しい三日間が始まった。日曜は朝からリハビリテーション学院のオープンキャンパスである。いつものように学院長の挨拶を、参加した生徒、保護者に対し行った。それが終わると喪服に着替え、告別式の会場へ向かった。十二時から親族で母親の遺影の前で集合写真を撮った。

久々に親戚が集まり珍しい顔も多いがゆっくり話すいとまもない。午後一時から葬儀、告別式である。高齢者の場合友人の弔事はないのが普通である。治彦の母親は享年九十一歳。しかし治彦は原口のおばさんにお願いしようと思っていた。

原口のおばさんとはいろいろと縁があった。治彦の同級生の母親でもあり、ご主人は父治平と同じ職場でもあった。ご主人の頸椎の手術を治彦が行った経緯もある。母とは書道の友人としてだけでなく、年老いた生活の中で三十年間もの長きにわたり語り合う数少ない友であった。不思議な縁である。
原口のおばさんはやはり来られなかった。あとでわかったが、なんと通夜に出かけようとした時玄関先で転倒。手関節を骨折してしまい緊急入院していたのである。

葬式とは故人を偲ぶ場であると同時に残された人への心配りの場でもある。思いもよらぬ人達が来てくれて本当に有難い。遠くは宮崎から治彦の先輩の息子さんがわざわざ駆け付けてくれていた。慌ただしい動きの中で、なかなか意にかなう挨拶ができないのが口惜しい。弔問客の顔を見るとその優しさが感じられ、沈む気持ちとは別に不思議と純粋になれた。

葬儀式は何となくもの悲しい。人の世の無常観が漂う。多くの人が人生を航海に例え、人生は短く、人の無常を一瞬のこととして語っている。生と死と言う点の間を人生の線があると考える者は多いが、その線は瞬間的な点の連続であり、まさに人生とは一個の細胞から瞬時に一握りの灰になる母親の生涯を川に例えれば、確かに一瞬であるが山奥の石清水として出でて、喜怒哀楽を流れに任せ大海までたどり着く。それまでの出来事をすべて魂の宿った生命体が受け止めているのである。喜怒哀楽の量が人生の深みを増すのだとすれば、母親は人一倍人生を堪能したはずだ。

治彦は、母親は満足した生涯を送ったものと思い、喪主の挨拶では「天寿を全うした母親を笑顔で送り出したい」と話を締めくくった。

翌月曜は手術の日である。治彦は朝八時、寺に葬儀式の供養代を払いに行った。経を唱えてもらい急いで病院に向かった。

手術は三十分遅らせてもらったが、患者の希望もあり予定どおり人工膝関節手術を行なった。金曜日の明け方から動き続け、寝不足で心身共に疲れているはずであったが意外と元気である。張り詰めた緊張感がそうさせるのだろう。

この日手術をした患者は、以前長嶋医療センターの婦長をしており昔からよく知っている。治彦は患者には何も言わない。当然患者は母の死のことは何も知らず手術を受けた。

手術後三ヵ月ぐらい経った頃だろうか。その患者が治彦に一枚の手紙をくれた。手紙には手術前後の状況が川柳風に書かれてあった。

手術前：つまずいて、ふと見た床に、段差無し

手術後：優先席、立って行先、山登り

手術前のつまずく不安と膝の痛みから解放され、山登りに出かける気力と元の脚力に戻った喜びがにじみ出ていた。医者にとっては何よりのお礼だ。

## 二、大山英一理事長の死

二〇一六年（平成二十八）、治彦の母の死からわずか一ヵ月後、今度は東洋学

園の大山英一理事長が亡くなった。

　大山理事長は前年の秋頃から、学園本部での定例の会議を休むようになっていた。どうも肺癌のようである。気管分岐部に腫瘍があるらしく一般的には最新医療の重粒子線癌治療が最適だが、場所が悪く厳しい状況である。治療としては化学療法、放射線治療は行われていたようである。しかしもともとの持病がある。脳梗塞、糖尿病、慢性腎不全など。治療は一向に捗《はかど》らず改善もしない。治彦は、大山理事長が大学病院で検査、治療を受けていることを知り見舞いに行った。理事長は薄目を開けて
「先生、もうだめですよ」と言う。

　その声がかすかに聞こえた。

「今はいろんな治療がありますから」とありきたりの返事しかできなかった。色々と話をしたかったが、いざとなると言葉が見つからない。

　学院の図書館長をしている長女の英子さんが常に寄り添い看病されていた。病室を出て外で英子さんと話をした。普段は笑顔ではきはきされている英子さ

んだが、その日は表情にいつもの明るさはなかった。理事長の予後について詳しく聞かされているのであろう。理事長の表情から見ても、いつもの生気は感じられなかった。

それから数ヵ月後、「長嶋医療センターで治療を受けたい」と話していた大山理事長が、あの北病院に入院したと聞かされた。治彦が母親を看取った北病院だ。

医療センターで少しでも元気になってもらい最後に話をしたかったがもはや厳しい状態である。なぜなら医療センターでの入院が不要、すなわち治療の意味がない患者だということである。治彦の母親と同じ道を歩んでいる。

東洋学園の学監、事務局長、校長も、皆会いに行くことを憚《はばか》っていた。治彦はこれが最後とかもしれないと思い北病院に面会に出かけた。

病室の前では、普段は理事長の運転手をしている田中さんが世話係として静かに椅子に座っていた。治彦に気づくと「どうぞ」と小さな声。そっと両手でドアを開けてくれた。

ベッドに横たわる理事長は以前会った時よりもか細くなっており話す元気もなさそうだ。

「先生、わかりますか」

治彦の目は冷静に患者を見つめるようにして話をした。理事長はゆっくりと目を開け少し笑顔が見えたように感じた。

治彦と分かったのであろう。

「先生、お願いしますよ」深い言葉である。

意味が分かればわかるほど何も言えない。普段であれば「もうだめです」というはずだが、その言葉さえも聞けなかった。治彦に頼みたいことが何であるか総論ではわかる。しかし各論には踏み込めない。ほとんど会話らしきものはなかった。目を閉じ眠りに入ったのか意識が朦朧《もうろう》としているのかはっきりしない。表情は穏やかで眉間の皺もない。治彦は静かな部屋で三十分ほど黙って座って見守っていた。指先だけがわずかに動き、寝息のような呼吸音だけが聞こえる。

治彦から見るとまさに気息奄奄《きそくえんえん》の状態であり、以前の活力はなく力尽きた亡骸である。治彦は何も語らず静かに立ち上がり病室を後にした。これが理事長との本当の別れであろう。最後まで穏やかであった。

治彦が六十五歳の定年まで長嶋医療センターに勤務していたら、この場にはいない。そしてリハビリテーション学院に勤めることはなかったはずである。その決断をさせてくれた理事長には感謝しかなかった。

理事長の死を聞いたのは二月の末、治彦が日本人工関節学会に参加し沖縄にいる時であった。葬儀の可能性を知ってはいたが、まさかこの日にという感じである。葬儀に間に合うよう飛行機で福岡に飛んだ。博多駅からの電車では間に合わないため　福岡空港の国際線ターミナルから高速バスを使って長崎県央の葬儀会場に向かった。

治彦も葬儀委員の一人として名を連ねてある。どうにか間に合った。葬儀は盛大であり県内外の重鎮も多数参列していた。花輪も会場に入りきれず外まで並んでいた。人物の偉大さと花輪の数は比例するものかもしれない。

大山理事長の心の広さ、豊かさは祭壇の遺影にも表現されていた。

「ウイスキーのコップを片手に微笑む」理事長の遺影が、なぜか明るく大きく見えた。

遺影の中に治彦は「感謝と命の尊さ、虚しさ」を見ていた。きっと無念であったろう。まだやり残したことが沢山あったはずである。これもまた世の無常である。

親族を代表し、まず東洋学園の専務理事を務める次男が挨拶をした。長男はアメリカで起業し貿易関係の仕事をしている。次男が後継者である。次男は有名大学を出ており、凛々しい顔つきは父親譲りで普段は落ち着いた好青年である。しかしその時ばかりは動揺を隠しきれない様子であった。中身はよく覚えていないが、遺族挨拶では偉大な父親を亡くした悲しさがにじみ出ていた。涙をこらえきれず、話の文脈がところどころ詰まってしまう挨拶である。今の自分、将来の自分、不安もよぎるであろう。気持ちもわかる。

感動の涙は美しい。しかし悲しみの涙は違う。こみ上げるものの大きさが次期理事長を飲み込んでいる。頑張ってほしいと思う反面、治彦自身も物悲しさを感じた。それほどまでに父親である理事長が偉大であったのかもしれない。

次に大山英一理事長の妻が挨拶に立った。後継者専務理事の母親である。理事長の妻としてまた理事長夫人として丁重な挨拶がなされた。最後に息子のことも気がかりなのであろう。

「息子が次期理事長として頑張ります。宜しくお願いします」

この言葉がやけに強く印象に残った。

大山英一理事長の逝去後すぐに理事会が招集されて、次男が新理事長に選任されている。すでに母親としての心は動き出している。

盛大な葬儀も終わり、やがてそれぞれの組織がまた平凡な業務に皆戻った。

## 三、新理事長誕生

いよいよ新理事長の誕生である。前理事長に恩義がある幹部一同で、新理事長の就任を祝い、そして一同が結束する機会を学監が用意した。こうして徐々に新理事長の体制が作られていった。

一方新たな環境に馴染めぬ人も出てきて人の出入りが激しくなったのも事実である。治彦の学院長としての生活も落ち着いたが、色々な考えが頭をよぎる。学院との絆もでき、学生と接すると意外と皆素直で正直な話ができた。多種多様な学生が混在し、一度社会に出た者もいるが、やはりここでは社会人ではなく志ある学生なのである。学生の個性の強さと多様性、常識が常識でない世界もある。学生から学ぶものも多くあった。学校の教育の在り方も少しは学んだが、治彦自身はなかなか教育者としての器ではないと感じていた。

理事長が亡くなってしばらく経ち落ち着きを取り戻すと、前大山英一理事長の存在がいかに大きく魅力的であったかよくわかる。前理事長の庇護のもとここまでやれたが、冷静に考えると治彦は医師として患者を診察し、手術をする方が向いているようだ。

世話になった理事長も亡くなり、受けた恩に対する義理も果たしたとの考えに至り、治彦はそろそろ外科医として医者の世界に戻ろうと考えていた。

東洋学園は新理事長になって、経営面の転換が目に見えるようになってきた。一つは経費の見直しである。学生募集の経費は必要不可欠だが、これも微々たる増加にとどまった。

一般論であるが、先行投資もなく収入が増えることなどまずあり得ない。

ある時、夜間部の学生から学院長室に一枚の手紙が舞い込んだ。学生と言ってももう四十歳に近い。一度は他の専門学校に行っていたが中途退学し、新たにＯＴ（作業療法士）を目指して入学してきた学生である。体はあまり強くなく、視力障害と糖尿病があった。その彼が、学院長、つまり治彦を訴えるというのである。

「学校の図書館は一年三六五日、夜十一時半まで学生のために開けています」

これは前理事長が学生のために決めた紛れもない事実であった。ところが九月から夜九時半までに利用時間が変更になっていたのである。治彦も知らなかった。

手紙には

「オープンキャンパスでは夜間部の学生のために授業が九時三十分に終わって

も勉強ができるよう図書館を深夜まで開けていると説明があった。それが魅力でアパートも学校の近くに引っ越した。夜遅くまで勉強できると思っていたのに閉館時間を早めるとは、これは詐欺だ。だまされた。明日訴える」

という内容が書かれていた。治彦はすぐにその学生を学院長室に呼んだ。図書館長にもその場に同席してもらった。長年多くの学生とよく会話を交わし学生の信頼の厚い人物である。図書館長に聞くと、

「遅くまで勉強している真面目な学生です」と言う。

その話を踏まえ、彼の話をもう一度ゆっくりと冷静に聞くことにした。

学生は話の節々に
「私には県議会議員、市議会議員、さらにもっと力のある知り合いもいる」

と出してくる。何か違和感を覚える話し方である。治彦はその学生に十分な時間を与え、話を静かに聞いた。

「あなたが言っていることは、正しい。私もそう思う」

訴えには理解を示した上で、

「ただ図書館は私の管轄でなく新理事長の直轄の施設であり、訴えるなら新理

事長を訴えなさい」と言った。

思いもかけず変な仲間ができたと思ったのか、学生の表情は少し穏やかになった。

そこで治彦は、

「私に一ヵ月猶予をくれ。新理事長を説得してみる」と提案した。

すると学生は、

「新理事長の経営能力について疑問に思う」と、また鼻息が荒くなった。

「そういう訳ではないと思う。経営能力でなく経営方針の問題だと思う。とにかくどうにかするから」と学生を落ち着かせてその場を収めた。


図書館の人件費を考えても、開館時間を元に戻すのは大した出費ではない。こんな話が世の中に出るのは馬鹿馬鹿しいことである。そこで治彦は冷静に判断してもらおうと、新理事長に宛てて文書を書くことにした。

なぜなら新理事長は情熱家でありさらに自己愛も強く独自の道を持っている。普段は冷静沈着で余裕があり口当たりも優しいが苦言を呈されると我を忘れる可能性がある。

【図書館利用時間延長のお願い】

「図書館の利用については、従来から学生の教育環境をよりよくするものとして年中無休で夜間学生も利用できる時間帯になっており素晴らしいシステムと考えています。

また独自の図書館の存在は学生の勉学向上のみならず、広報活動としてもその存在価値は大きいと推測されます。

本年度の指定校推薦の学生五十七名の志望理由を見ると二十五名四十三％の学生が図書館の存在と利用できることをあげています。

このように考えるとオープンキャンパスで長年広報し、学院のメリットと学生に周知されていたものを入学後、急に変更するよりは、学生の向学心に対しその期待に応えるよう、まずは本年度図書館の利用を延長していただきたく存じます」

残念ながらこの文書は全く役に立たなかった。治彦が学園本部の理事長室に行き新理事長に話をすると

「受けて立とう、裁判をしましょう」と言う。

うーん、どう説得すればいいのであろうか。

「裁判に勝っても社会的イメージを下げるだけで何のメリットもないですよ」

新理事長は無言である。さらに無言である。凡人にはわからぬが新理事長の経営方針には必ずやそれ相応の根拠があるのであろう。治彦も深い経営方針が見えぬため何も言えない。そばにいた本部の事務局長はもっともだという顔をするが、何ら意見を言わない。

帰り際、その事務局長に

「この問題は本部の問題ですから、裁判になったらあなたが対応してください。私は遠くから見ていますから」

と言うと事務局長は何も言わず顔で答えた。目を細め、唇を強く噛み締めていた。

それから一ヵ月。その間、学院内に新たに図書館を作る案など色々出たが、場所、人員、安全面などを考えるとすべて無理。ただ一ヵ月という冷却期間だけが有効に働いた。

結論は、一時間だけ開館時間を延長するということで収束し、その学生も納得してくれた。

# 第六章

# 治彦、急性クモ膜下出血に襲われる

治彦の学園に対する前向きな姿勢は段々と遠のき、暑さだけがけだるく感じられるようになっていた。

二〇一六年（平成二十八）七月二十八日木曜、夏の特に暑い日のことである午後から股関節脱臼の手術を行うことにしていた。その患者は先天性で殿筋内に骨頭が脱臼しており、脚長差が四センチあり跛行（歩行障害）も見られた。痛みが強くなったため、患者が手術を希望していた。

最近では先天性股関節脱臼の患者自体が少なくなっており、手術は数少なく年に一例あるかないかの手術である。一人では難しく荷が重い。いつもの様に頼りになる高須賀先生に連絡を取り一緒に手術を行った。高須賀先生はもう八十歳になるが、治彦が最初に股関節手術を教わった大先輩であり、股関節を専門にするきっかけを与えてくれた。

「知識は驕《おご》りやすく、経験は騙されやすい」と言う諺を聞いた覚えがある。世の中にはそんな医者がたくさんいるようであるが、高須賀先生は知識、経験もあるうえに謙虚で決断力がある。人格者であり手術も器用で理に適っている。また趣味のゴルフも上手く飛距離も出て老いてなお若々しい。八十歳にして往復四時間の運転と四時間の手術が可能な超人で、人生の模範となる尊敬すべき先輩である。

問題はただひとつ、一緒に手術をすると必ず何故かその前後に治彦の身に何かが起きるということである。以前も高須賀先生に手術を頼んだ前日に顔面神経麻痺になった記憶がある。

患者のレントゲンでは、左の骨頭が上方に脱臼し四センチ程上に骨頭がある。（図6－A）（「骨頭」を丸印で示す）

手術は二十センチ程の皮膚を切開し、その下にある股関節周囲の筋肉を中殿筋以外すべて大転子から切り離す。次に脱臼している大腿骨頭を見つけ、大腿骨を切離し上方に反転し、生来の股関節の骨頭の受け皿にあたる臼蓋を見つけ、その周囲の硬い組織を切除し臼蓋を大きく広げることに始まる。

人工の骨頭がついているステム（チタン製の棒状の物）（図6－B）を大腿骨の骨の中（髄腔）に挿入して、人工の関節を作るのである。（図6－C）

「大腿骨骨切り併用人工関節置換術」というこの難しい手術は四時間近くかかったが、高須賀先生の指導もあり、術中出血もさほど多くなく無事終了、満足できる結果が得られた。

手術の結果、四センチほどあった脚長差がかなり改善され、一センチとなった。

大腿骨の切断、短縮を四センチ程にする理由は、あまり下肢を引き下げすぎると血管神経も引き延ばし神経麻痺を作る危険性があるためである。これを回避するため、神経麻痺を作らぬ限界と言われる四センチ程に収めた。

大殿筋内の骨頭を元のあるべき原臼蓋に戻したため、脚長差がほとんどなくなった。

立位でも歩行時でも体の傾き、跛行（歩行障害）もなく、一見すると手術したとは気付かない程度である。むしろ術前を知る人は驚きの目で見るに違いない。（図6－D）

（図6）左股関節殿筋内脱臼症例

術前左股関節骨頭は上方に脱臼。脚長差４㎝
術後大腿骨を4㎝骨切りし元の位置に人工関節設置

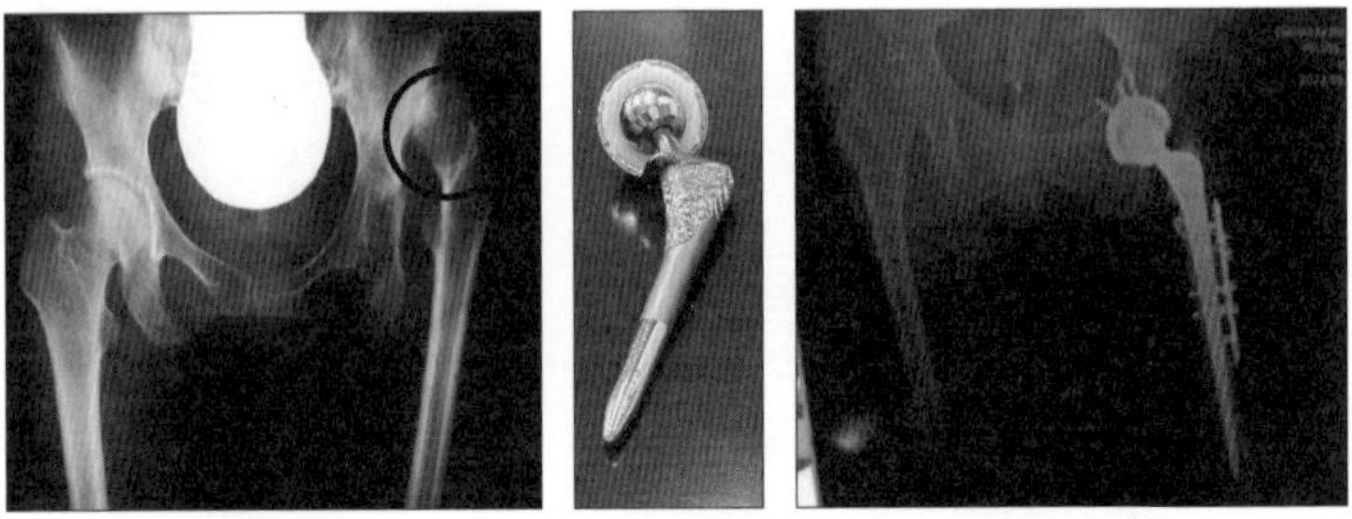

A：術前レントゲン　　B：人工関節　　C：術後レントゲン

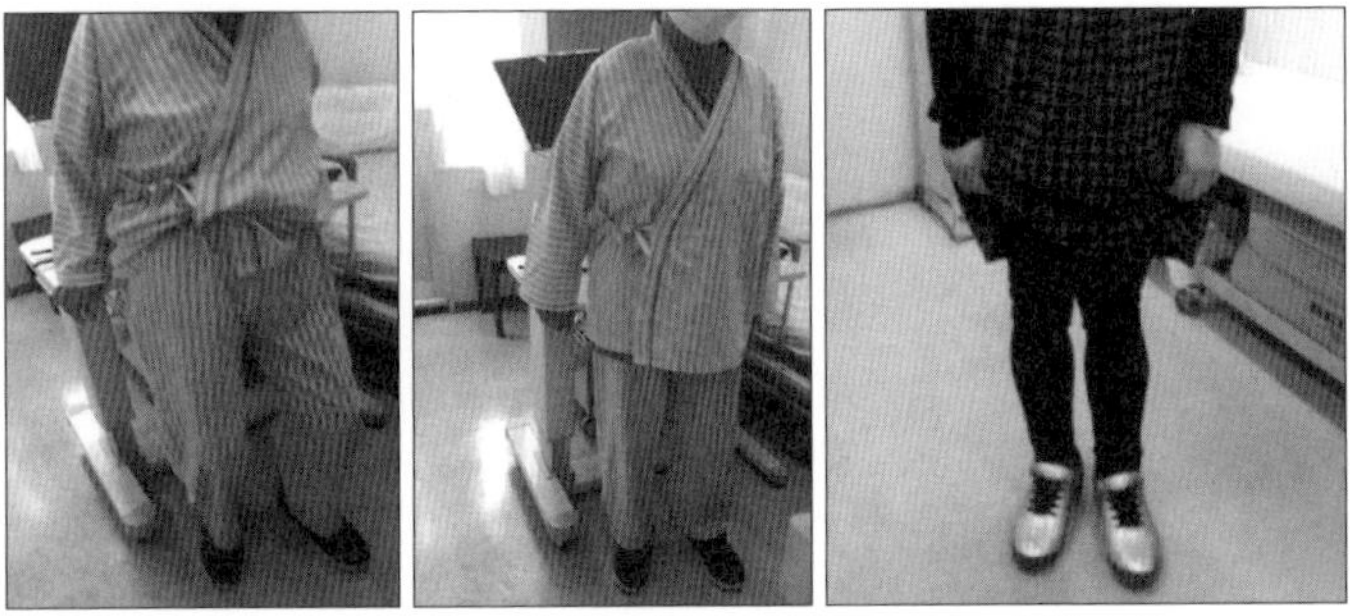

D：　術前　　術後3週目　　術後２年

術前は骨盤が傾き膝も曲がっている。
術後２年脚長差ほとんどなくなく姿勢も改善し正常歩行可能。

患者はおそらく、五十年近く持ち続けた体の傾き、歩き方に対するコンプレックスから解放されたはずだ。

治彦はその日、手術に疲れ果てゆっくり湯船につかり充実感を味わいながら床に就いた。

術後の心配もほとんどなく、ゆっくりと休むことができた。

次の日は金曜であり、兼業医師である治彦は第一整形外科病院に出勤する予定はなかった。ところが金曜の朝、病院から電話があった。治彦は「えっ……」と思い電話をとった。

「先生、今日は病院に来ないのですか？」

看護師からである。

「何かあったの？」手術翌日の心の底はいつも不安である。

「いや、病院に来られるのかなと思って」

どういう意味か？まだ不安である。

「検査は？何かあったの？」急いで聞き返した。

「検査はまだ見ていません」

「何！」

朝の挨拶のつもりであろうか。

「検査結果は異常なく患者も元気そうだ」と言うことだ。ほっとしたのも束の間
「先生は患者を見に来ないのですか」と言われてカッとなった。棘のある言い方である。

そう言われてしまうと行かないわけにもいかない。本来、金曜は治彦にとって休みの日だ。問題があれば出ていくのは当然だが、夏の日差しは強く気温は三十五度。真夏日である。車の中は四十度位になる。疲れた体で極暑の中、頭の中はさらにヒートアップして病院へ向かった。これがまずかった。

治彦は病院に着くとまず患者のところへ行き、何も変わらぬことを確認した。

その後、電話をしてきた看護師に
「一体患者の何を見ているのか？　電話でなにが言いたかったのか？」

電話の必要性はあったのか、患者の状態の把握はできないのかと、かなり厳

しく怒った。

治彦の血圧がかなり上がったのは間違いないところである。憤懣やる方ないまま、猛暑の中を車でリハビリテーション学院へと向かった。リハビリテーション学院の学院長室で一人過ごしていたが、昼過ぎから頭が痛くなった。興奮して怒ったせいであろうと一般の頭痛薬を飲んだ。しかし治まらない。頭痛が続く。長く続く。血圧が上がっているのかもと思い降圧剤を飲んだ。しかし変わらない。

こんなことはめったにない。手術の疲れ、怒り、寝不足、色々考えてもしょうがない。保健室へ行き、保健の先生に血圧を測ってもらった。

「先生高いですよ、上は百五十と下は百位あります」心配そうな言い方である。

「じゃあ自宅に帰って休みます」こんなことを言ったのは初めてのことである。

「それがいいですよ。ゆっくり休んでください」

そう言われ、治彦は早退した。

治彦は自宅に帰り、午後二時過ぎから応接室のソファで横になった。なかなか眠れない。頭痛も取れない。その日は治彦の妻も夏風邪をひいて頭が痛いらしく二階で休んでいた。

午後四時になっても頭の痛みはとれない。脳内出血という言葉が頭に浮かんだ。

しかし治彦は顔面神経麻痺の時、頭のＭＲＩ（磁気共鳴画像）、ＣＴ（コンピュータ断層撮影）検査を受けており動脈瘤等はないと確信していた。不安を打ち消しつつ時間を過ごした。

夕方六時になってもやはり痛い。トイレに行ったらむしろ吐き気もした。

明日は土曜である。長嶋医療センターも休みで脳外科の専門医が出ているとは限らない。やはり今から診察を受けようと決断した。

長嶋医療センターの整形外科に電話すると、崎村先生が偶然いて電話を取ってくれた。

「ずっと昼から頭が痛い。検査を受けたいのだけど」軽く言ったつもりであったが

「救急車で来られますか？」深刻そうな返事であった。

彼の返事に、治彦の予感が反応した。

「そこまでの症状ではないから自分で行きます」

妻も頭が痛いらしく二階で寝ている。起こしても心配をかけるだけだと思い自分の車で行こうと考えた。しかし思い直し、もしものことを考えタクシーを呼んだ。ちょうど午後七時であった。

「長嶋医療センターまで」と言いタクシーに乗ると、顔見知りの運転手であった。タクシーの中で頭痛と吐き気がひどくなった。

「どこに着けますか？」

「救急室の入口につけて」

「先生も大変ですね、急患ですか？」

もうその時は『いや私が急患なのだ』と言う元気もなかった。

治彦が救急入口に着くと、崎村先生が待っていてくれた。

「ＣＴ検査の準備できています。さあ行きましょう」と言ってＣＴ室に案内してくれた。今の具合の悪さは、確かにCT検査が必要だと感じた。

検査は十分間位だったかもしれない。検査が終わると廊下に車いすが用意されていた。

「クモ膜下に出血があります。入院いいですか?」

断るはずがない。外来の診察室のベッドに寝かされ着替えをした。

家族に連絡をしようと携帯電話でメールを打とうとした。少し動揺していたのであろう。

「入院かも」と打ったつもりが変換を間違えて「入場かもめ」となっている。

『まずい』と焦って消して打ち直そうとしていると看護師が入ってきた。点滴を左腕にとられ、財布、携帯電話等の貴重品を預けた。すでに点滴に降圧剤と鎮静剤が入っていたのだろう。すぐに眠りのなかに入っていった。その後のことは覚えていない。


ここからは推測である。おそらく膀胱留置用のバルーンカテーテルを入れられ、血管造影の準備が始まった。

クモ膜下出血とは、脳の表面を覆う膜のひとつであるクモ膜の下に出血がある状態を言い、原因は脳動脈瘤の破裂がほとんどである。脳外科医に連絡がなされた。堤脳外科部長に電話したはずである。動脈瘤が破裂していたら手術である。

治彦と同期の脳外科部長の堤先生はこの時宴会中だったらしいが、すぐに手術の準備のため駆け付けた。

まず血管造影をして動脈瘤があるか、どこにあるかなどの術前検査がなされた。しかし血管造影検査に必要なもののひとつに、家族の同意書がある。病院側は自宅の固定電話にかけたがなかなか連絡が取れない。治彦の妻は二階で寝ているのだろう。そもそも普段から自宅の固定電話が鳴っても知らない番号はとらない。

夜遅くになっても治彦が帰って来ない。鳴り続ける電話が不吉なことの前兆であった。

治彦が後で見た同意書には、家族のサインはなかった。担当医は電話で同意を得るとすぐに検査をしたのであろう。診断がつかないと何も始まらない。

妻が病院に着いたときにはＣＴ検査の結果から、クモ膜下出血の診断がついていた。あとは血管造影の結果待ちである。

治彦の妻は、担当医から、

「三割は死にます。三割は障害を残します。残りは社会復帰が可能になることがあります」と説明を受けた。慌てたであろう。

長崎の長男に電話して状況を説明し、名古屋にいる次男を呼ぶかどうか相談したようであった。親の死に目に来ない息子がいるとは思えない。

血管造影検査では動脈瘤は見つからず原因不明の出血であった。頭にメスをいれる開頭手術の適応はなくＣＴ検査等で経過を追うしかない。

長崎にいる長男は以前、循環器内科の医師としてこの病院に勤務していたこともあり、治彦の血管造影検査の様子を知り合いの放射線科の医師と一緒に見ていたという。夜中に死ぬことはないと踏んだのだろう。血管造影検査を見届けると足早に長崎に帰ったようである。

大学生の次男は翌朝一番の飛行機で名古屋から駆け付けた。

医師として働いている長女はその日、大学病院の当直であった。代わりの当直医が見つからず、翌日の昼頃になってようやく治彦のもとに来たようである。
娘はアイマスクをしている治彦の姿を見て
「お母さん、大丈夫よ。アイマスクがずれているのは手も動いている証拠よ、麻痺はないみたいよ」と喜びながら話したそうだ。

子供は三人三様で心が読めない。そこで治彦はのちに心配度指数、もしくは不安指数というものを考えた。これは、治彦から子供のいる距離を、駆け付けた時間で割った数値である。

計算してみると、長男は長崎から四十キロを一時間で駆け付けたので心配度指数は四十となる。次男は名古屋から六百キロを八時間できたから心配度指数七十五となる。娘は長崎から四十キロを十時間かけて来ているわけで、心配度指数は四となる。

これは治彦への心配度と治彦がいない将来への不安度を表す指数でもある。だからと言って何もない。ただの数字遊びだ。

治彦は寝かされたまま三日間ほど集中治療室（ＩＣＵ）で過ごしたようである。治彦にとっては全くの無の世界であった。この無の時間が続くと人はそれを死と呼ぶのであろう。不思議と目覚めは気持ちのいいものであった。

目が開くと、何故かわからないが部屋の壁がやけに白く、それもさわやかな白さだったことを覚えている。

だんだんと検査の前のことが思い出されてきた。足を動かしてみた。

「足は動いているぞ」という感じである。

手も握ってみた。

「お、動いている」

少し嬉しいような、ほっとした感じがした。

下腹部が気持ち悪い、触ってみるとバルーンカテーテルが尿道に入っている。

だんだんと今の状況が理解できて来た。脳内の出血も収まり血圧も安定しているので、徐々に薬剤を減らし覚醒させたのだろう。

「先生大丈夫ですか？」

看護師の岸田さんの顔があった。以前手術場で働いておりよく知っていたので心強く感じた。

「うーん」

表現が難しい。

「この尿道の管はいつ抜けるの？」

それが最初の言葉だった気がする。


目が覚めた途端、部屋を移るよう言われた。治彦は、点滴をつけたまま脳外科病棟の個室に移動した。尿道のバルーンカテーテルは抜けた。

脳外科病棟の個室もやはり壁が白く見える。不思議であった。三日も眠ると本当に熟睡した朝の目覚めのようで気持ちよかった。臨死体験などとよく聞くが、治彦の場合、疲れ果てて夢一つ見ず本当にぐっすり眠り目が覚めた時のような爽快な気分、ただそれだけであった。死とは無の連続であり、やはり何もないのかもしれない。生まれて初めての経験であり、生きていればこそ味わえた。

脳外科病棟ではまず若い看護師から、

「トイレに行く時は　ブザーで連絡してください」と言われた。

若い看護師は当然、治彦が以前、この病院の整形外科部長だったことなど微塵も知らない。治彦は早速尿意をもよおした。ブザーを押したが誰も来ない。我慢できず点滴台をもってトイレに行き用を足した。

ベッドに戻ろうとしていた時、その若い看護師が入ってきた。

「だめですよ。ブザーを押してください！」

患者の立場がよく理解できる言い回しだ。

「ブザーを押したけど、誰も来ないから一人で行きましたよ」

「転んだらどうするのです。大変なのですよ」

よく聞く会話である。たいてい患者が謝って終わる。

「私は転ばないと思うけど」と治彦が少し冗談交じりに言うと、常なる対応なのであろう。

「そんなこと言う人に限って転んで、骨折するのですよ！」と説教された。

丁度その時、看護師長が挨拶に入ってきた。話が少し聞こえたようなタイミングでもあった。その若い看護師は師長に挨拶し出て行ったが、その後治彦の前には二度と現れなかった。


入院生活は順調で、点滴も外れ健康的な質素な食事のおかげで体調も良くなった。治彦自身は退屈で暇を持て余し気味だが、皆心配し過ぎているためか見舞いにも来ない。見舞いに来ても駐車場の暑さに閉口するであろう。

八月三日、第一整形外科病院の山本理事長とその秘書的な仕事をしている娘さんが見舞いに来た。娘さんは秘書的仕事の傍ら、患者のデータ処理や登録などいつも謙虚に治彦の仕事に協力してくれていて、大変世話になっていた。

「先生無理しないでください、ゆっくり休んでください」

極暑の中見舞いに来てくれた娘さんの心配そうな表情を見るだけで、それ以上の言葉はいらなかった。

治彦は「自身の体は大丈夫」と考えていたため、山本理事長に手術の事、病棟の患者の事、今後の対応など仕事の話をしたが、山本理事長も

「とにかく体を大事にしてください」と連呼する。他に言いようがないのかもしれない。見舞いに来てくれただけでも素直に有難かった。

次の日は東洋学園の新理事長が来た。同じような会話をした。

「無理しないでください。ゆっくりしてください」と言い、一冊の本「眠られぬ夜のために」を置いて行った。充分三日間も眠り続けた患者にはふさわしくないような題名だった。

ほぼ普段の生活に戻り、気分もいい。

更に翌日は前長嶋医療センターの大倉院長が見舞いに来た。大倉院長は豪快でいつも前向きである。もともとは脳外科医であり動脈瘤についても専門で詳しく話をしてくれた。

「大丈夫よ、原因不明のクモ膜下出血は五パーセントほどいるけど。まったく問題ない」

「本当ですか？　何をしても大丈夫ですか？」

「ああ。大丈夫よ」その強気の言葉に元気づけられた。

院長として在任中は、治彦は個人的には色々と世話にもなったが、反面、経営面では小言ばかり言われていた。退職後に初めて頼もしく見えた。しかし楽観的過ぎはしないか？嬉しさと不安が交錯した。

治彦の大学時代の同級生に脳外科医がいる。夜、その坂口君に電話で聞いてみると

「ああ、俺にもそんな患者いるよ、俺の経験では再発例はない」とのことだった。

これはかなり勇気づけられる言葉であった。暗がりの蝋燭の細い火が大きな光となり明るい兆しが見えてきた。第一整形外科病院の手術、リハビリテーション学院のオープンキャンパスなど、今後のことなど考える余裕が出てきた。

しかし生活のことを考えるとお金も心配だ。保険会社の山口さんに電話してみた。

「クモ膜下出血で入院しているけど保険出るの？手術はしてないけど」

「大丈夫です。入院だけでも保険金が出ます。診断書を送ってください」とのこと。心強い。

さらに
「後遺症はどうですか? 症状によっては保険金も出ますよ」

治彦は元気な自分に満足しながらこう言った。

「麻痺はない、しびれもない。あるのはただ口が少し悪くなったような気がする」

治彦が言い終わる前に、山口さんは笑いながら
「先生、そんな後遺症で保険金は出ませんよ」と答えを返してきた。

最後に見舞いに来たのは高校の同級生で今もなお親交のある坂中君と田中君だった。

坂中君は美術の先生をしており県展では北村西望賞など数々の作品を描いている。今は長嶋市の美術協会の会長をしている。

田中君は農業機器会社の専務で、新しい農業機器の特許の申請などが主な仕事である。治彦が股関節の「人工関節固定用ステム」の特許を取る際に、難しい審査の手続きなどの仕事を手伝ってくれた。その結果、弁理士に頼むことな

く特許が取れたのはまったくもって彼のおかげであった。

やはり同年齢とあって他人事ではない。心配そうな表情で現れた。二人は治彦が意外にも元気な姿をしているのでほっとしたのであろう。

「えらい元気にしとるなー、よかった、よかった」と、声の質が明るくなった。

彼らの趣味はジャズとカメラである。職業が違うと話が新鮮で面白い。二人ともかなりマニアックであるが楽しい。月に一、二度老舗の喫茶店「須古珈琲」で近況を報告する仲間である。

その店は治彦が予備校時代からの行きつけであり、店の敷地内で珈琲の木を栽培し「須古珈琲」のブランドで焙煎、販売もしている。店主夫婦も年老いたがいつも喜んで迎えてくれる。その日も、二人とはいつもの喫茶店と同じように話が続いた。


治彦の入院の話は他の仲間にもすぐに伝わった。獣医師をしている友人の堤君はその時、東北の月山に登山に行っていたようだ。そこで手に入れた「身代わりお札」を急いで送ってくれた。

気が付くと、治彦のためにと患者が作ってくれた木彫りの観音像、第一整形外科病院の看護師たちが折ってくれた千羽鶴、そして月山の身代わりお札と、普段は何のありがた味も感じなかった物が身の回りにある。ふと運命の機微を感じた。皆が治彦を生かしてくれたのかもしれない。

日に日に元の体調に戻っていった。暇を見つけては病院中をうろうろと徘徊し、師長から怒られることもあった。

病院での生活も大分落ち着いたある日の夜、今度は東京から、大学の同級生で循環器医師の手島君から電話が入った。

「今、大丈夫？」

えらく早い話だ。もう東京の友人まで話が伝わったのかと思った。

「実は親父のことで相談なのだけど」

手島君はどうも、治彦の現況は知らなくて電話を掛けてきたようである。

「九十三歳だけど、老人に多い大腿骨骨折をやっちゃって。どう思う？」

「何が？」と治彦が訪ねると、

「内科の先生は、もういい年だからリスクもあるし手術はしない方がいいと言うのだよね」

と答えが返ってきた。

治彦の頭の中は病人ではなく、いつものうるさい整形外科医に戻っていた。

「手術はすべきだね。手術しない場合、ジリ貧で合併症の肺炎など起こして結局三ヵ月後には亡くなっていることが多いよ」

「えー、そうじゃあもう一度相談してみるよ」

ここで治彦に、やっと自分の話をする時が来た。

「ところで俺が今どうしているか知っている？」と切り出した。

「クモ膜下出血で入院しているよ。まあだいぶ元気になったけどね」

「えー本当。全然知らなかった。でも元気そうでよかった」と話は終わった。

その三ヵ月後、手島君の父親は結局手術をせず亡くなったと聞いた。

身の回りのことが一人できるようになったころ、治彦は大事なことを思い出した。八月十三日は亡き母、芳枝の初盆である。四十九日の法要は大したことをしてやれなかったので、親戚、母の友人、それに生前お世話になった人々など関係者を呼んで料亭の奥座敷で供養をすることにしていた。治彦が責任者である。家族は皆、治彦に任せっきりでその詳しい内容は誰も知らない。すでに出席を依頼する人には招待状を発送をしていたが、まだ来ていただきたい人が頭に浮かんだ。治彦は病室で招待状を書いた。主治医に退院の日を聞くと十九日頃とのことである。それでも早いくらいだが、最後にもう一度、脳血管造影を予定しているとのことだ。

十三日は、外泊願を出し法事に向かった。

治彦が企画した初盆の法事は、場所の確保、席順、お寺への依頼、挨拶、そして原口のおばさんへの挨拶の依頼と忙しい。治彦の最初の挨拶の際、自身がクモ膜下出血で現在入院中と話をすると「驚き」と「不思議感」が漂い、その場は盛り上がった。

「お母様の力ね」

「お医者様だから予感できたのですね」

など、非科学的話は尽きなかった。最近は親戚が集まることも少なく、こんな場面しかない。手関節の骨折で入院し、葬式に来られなかった原口のおばさんの挨拶も立派であった。九十二歳とは思えない堂々とした話しぶりで、生前の母とのやり取りなどその内容は素晴らしかった。これが本当の供養であろう。

治彦が病院に戻ると最後の脳血管造影検査が待っていた。数ミリ以下の動脈瘤は見つけるのが難しく、慎重に検査する必要がある。原因不明の出血にも二種類があり、予後が悪いと言われていたタイプは、見落とすぐらいの小さな動脈瘤の存在がある場合のようだ。したがって最後にもう一度、本当に小さな動脈瘤がないかの検査である。

今回は意識がある中で行われた。

「膀胱にバルーンカテーテルを入れた方がいいですよ」と年配の看護師が言う。

「うーん、任せます」

年配の看護師に、後ろ向きな願いを込めて返事をした。治彦を知らない看護師を望んだ。願いは叶った。

意識があって検査をするのは初めてである。検査は血圧、血中酸素飽和濃度を測りながら行われた。脳動脈で主要な内頸動脈と椎骨動脈左右二本ずつ、全部で四本の検査である。血管に造影剤を注入されると瞬間的に体がカーッと暑くなる。また目を閉じた瞼に花火のような閃光が上がる。

血圧計を見ると八十と少し下がっているがボーッとするほどではない。四回脳裏に花火が打ちあがり終了。結果は「動脈瘤は見つからず。大丈夫でしょう」とのこと。

ただし「絶対大丈夫です」とは言ってくれない。

十九日朝から退院。入院時、これから必要になるからと購入させられたリハビリ用の運動靴とおむつ二十枚入りのパックが、病室にあった。一枚だけ使用したが残りを渡され持って帰った。運動靴は一度も履かなかった。誰がこれを使うのだろう。

夏は相変わらず熱い。治彦は、八月末まで休養することにして九月から仕事に復帰した。病院も学院も腫物を触るように大事にしながら治彦を見守っていた。次男も来春は卒業、国家試験である。それまでは頑張らなくてはいけない。第一整形外科病院は歩合制だったので、これには参った。手術をしなければ貧困層に逆戻りである。

# 第七章

# 退院後のリハビリテーション学院勤務

## 一、「側面から見た大村藩の医学」出筆

入院中、リハビリテーション学院のオープンキャンパスは治彦がいなくてもうまくいっていたと思っていたがそうでもなかった。治彦の代わりに誰も挨拶をせず、「学院長は病気で不在」と説明している。誰かが代わりに挨拶すべきであったろうに。

ただ単に受験希望者の家族を不安がらせたに過ぎない。参加者は多かったが入学には結びついていない。まだまだである。

体調も落ち着き二〇一七年（平成二十九）を迎えた。今年は次男の卒業と、国家試験である。治彦が病気をしたためであろう、次男も後がないと必死に頑張ったに違いない。

今思えば国家試験への道は六年前、治彦がゴミ箱の横にあったある大学の受験願書を拾いあげたところに始まる。受験浪人中の息子は予備校に通っていた。成績も上がり、母親も受験の厳しさも知らず「今年は国立大学に合格するだろ

う」となんとも甘い考えを持っていた。私立大学にも願書を出す予定であったが、その願書をゴミ箱の横に放置していたのである。

治彦は「絶対ということはどの世界にもない。この願書を出すように」と、受付期限ぎりぎりで説得した。結果は、唯一最後に願書を提出した私立大学の合格通知書が届いただけであった。

過去の経験は今につながり、未来に反映されなくてはいけない。この時の経験は結果的にはいい影響を与え、さらに治彦の病気も後押しし、次男は無事に大学を卒業、国家試験もどうにか合格した。こうして次男の医師への道が始まった。

少し肩の荷が下り、治彦はまたいつものようにリハビリテーション学院と第一整形外科病院へ通う生活を繰り返していた。次男も大学を卒業したことで、経済的にも精神的にも落ち着き、学院生活では少し時間的余裕ができた。

治彦は、リハビリ職の受け皿となる病院、開業医の先生に対して長嶋リハビリテーション学院の知名度を上げ存在を認識してもらうため、広報活動の一環として、長崎県医師会報に「大村藩の医療」について書いてみようという考えが頭に浮かんだ。

大村藩の医療について詳しいことは知らないが、治彦の家にも資料がある。少し大村藩の医療史を調べ神農家の歴史に肉付けしていけばどうにか文章が書けるような気がしていた。

そんなある日、

「福岡の神農さんから電話がありましたよ」と事務室から連絡があった。

心当たりはないが同性でありこちらから電話を掛けなおした。すると遠い親戚にあたり、川棚町の神農家の子孫で福岡歯科大の名誉教授をされている神農渉先生であった。五代前が同じ先祖で、遺伝的に言えば百二十八分の一、血が繋がっている。

先方の用件はこうだ。

「先生は、神農家のことが詳しそうなのでお電話しました」

「私も興味がありいろいろ調べています。一度お会いしたのですが」

なんという偶然だ。喜んで会うことにした。

まずは治彦の知識を語り伝えた。

「神農家の歴史は意外と古く、江戸時代徳川綱吉の時代に始まる。徳川綱吉の御典医であった鍼灸師杉山検校和一は関東総検校となる。その杉山検校の弟子八人衆の中に神農家初代美尾都が出てくる。神農美尾都は大村藩四代目藩主大村純長に召し抱えられ、小田原から大村へと移住。二代目は吉田流外科吉田自庵に師事しその一字をもらい神農自哲と名乗った。

その後自哲の「自」は代々伝わるようになっている。

自伯、自仙と続き自仙の長男が五代神農自適。次男が川棚の初代神農杏仙である。

共に華岡青洲のところで華岡流外科を学んでいる。ここで川棚とつながる。

五代自適の息子、神農自哲は戊辰の役で大村藩の軍医長として出兵している。

一方川棚の神農仙舟の時代はノーベル物理学賞を受賞した朝永振一郎の父であり後に哲学者となった朝永三十郎が養子として迎えられている。その頃が神農家の全盛期であろう。あとは細々と続いている」

このような話で盛り上がり、さらに詳しい情報を教えてもらい文章を書く意欲が湧いてきた。神農渉氏のおかげで「側面から見た大村藩の医学」を書き上げ、長崎県医師会報に五回の連載をした。反響はわからないが県内の医師が少しは興味をもってくれたかもしれない。

目的はリハビリテーション学院の名前を覚えてもらうことにあった。少しでも入学希望、就職先が拡充できればとの思いである。

## 二、卒業式とチェロ演奏

二〇一七年（平成二十九）三月のリハビリテーション学院の卒業式には鹿児島大学医学部の同級生の佛淵君を呼んだ。チェロの演奏をしてもらうためだ。

治彦が学院長になってからの入学式、卒業式は、品位と格調を持たせるため、地元の長嶋交響楽団からフルート、チェロ、バイオリンの五人を招き、クラシックの重厚な曲と現代的な曲を演奏してもらっていた。

また来賓として市長、県議会議員の他、市内外の病院長、リハビリ関連の施設長を招待した。小さな狭い組織の式典としてではなく、社会的にも、実習先、就職先の関連性をアピールすることを目的とした。

地元の交響楽団の演奏は好評であったが、今年は新理事長の許可をもらい鹿児島大学の同級生である佛淵君に演奏をお願いした。

彼は医師であり、チェロ奏者であり、何より治彦の古くからの友人である。佛淵君は、熊本で大きな病院の分院の院長を任されていた。彼を呼んだ理由、治彦のテーマは「友情の深み」である。卒後四十年たっても学生時代に培った友情は変わらない、素晴らしいものだということを卒業生に伝えたかった。

彼は子供のころからチェロを学びそのレベルも一流であったが、親の説得で東京芸塾大学をあきらめ医学部へ進学した。治彦とはなぜか馬が合う。治彦は音楽音痴で音楽の話は格段の差がある。スポーツもそれぞれ興味のある競技は違うが、それでも話が合った。友人にもいろいろある。仲のいい友人。仲の悪い友人。でも友人。そして何も考えない友人がいる。彼は何も考えなくてもその存在が友人である。

佛淵君は、医師とは別に熊本交響楽団の首席チェリストとしての顔を持っていた。本職は音楽家、副業が内科医師というのが相応しい。その分院の婦長には

「また先生、演奏旅行ですか?」と笑いながら言われるそうだ。

リハビリテーション学院の卒業式には、月曜の外来診療を取りやめ、チェロを乗せるために購入した大きな車で前日から来てくれた。奥さんもピアノが専門で二人での演奏である。卒業式会場には早く来て、ステージの高さ、音響等

を調べ、

「折角だからマイクを使わず生で演奏しよう」と言ってくれた。

おそらく演奏の音の密度と空気に及ぼす圧が演奏のすべてでありそれがマイクでは伝わらないと考えたのだろう。エルガーの「愛の挨拶」、バッハの「無伴奏チェロ組曲第一番プレリュード」等を演奏してくれた。

治彦には芸術的評価はできないが、チェロを弾く右腕より黙々として左手の弦に対する指の動きに加え、その指先に力をこめ演奏し続ける姿に音楽家の力強さを感じた。演奏は当然のことであるが、駆け付けてくれた意味とその価値は十分であった。


演奏後の彼の挨拶である。

「このチェロは一年前の熊本大震災で柄が折れてしまい、修理に出していました。一年経ってやっと修理が終わり、今日皆さんの前で演奏するのが初めてです」

と、彼にとっては体の一部とも言うべきチェロで演奏ができた喜びが伝わってきた。

「自分にとって大事なもの、皆さんにとって大事なもの、それを得るには我慢と時間が必要ですよ」と言っているように、治彦には聞こえた。

彼が一日休診にすれば病院側としては数十万円の損失である。しかし治彦の申し出を快く引き受けてくれた。友情の価値とは何物とも比較はできない。

治彦はいつも入学式の式次の中で
「今日最も喜ばしいことは、今皆さんは多くの仲間を得たことです。この仲間は生涯の友であり、苦しい時、つらい時を共に過ごしてくれる仲間を得たと思ってください。この瞬間はもう二度とないということを踏まえ、将来その仲間と共に人間性豊かな医療人となり社会に貢献出来る人材となるように学生生活を送っていただきたい。」と述べた。
また卒業式の式次では
「あなた達は、学院生活のなかで専門的知識を学ぶだけでなく、豊かな心と多くの仲間を得て頼もしく成長しました。私達は皆さんの教育に携われたことを誇りに思っています。」

と述べていた。

治彦は、学生たちが多くの仲間を得て三十年、四十年後も自分と佛淵君のような関係を築いて欲しいと願っていた。

卒業式が終わるまで佛淵君はいてくれた。治彦は丁寧に、友人としてではなく学院長として社会的言葉でお礼を言った。感謝とは言葉でもない、物でもない。友情とはこんなものだ。

卒業式が終わり、今度は学院人事である。長年私を支えてくれた学院長補佐の伊藤先生が辞表を出した。その理由としては娘さんが急逝し家族の大事さ、温もりを求めたのかもしれない。また新理事長に変わり、学院の体制も少しずつ変化した。治彦のために一年延長してもらったが、前理事長の三回忌も終わり、彼の心もすっきりしたようだ。もう治彦には止める理由はなかった。

伊藤学院長補佐がいなくなり、副学院長を二人体制とし、副学院長に一人昇進させた。学院内部の人間関係も複雑である。

二〇一八年（平成三〇）年四月、どうにか新しい体制で新年度に臨んだ。学院の経営、運営は伊藤学院長補佐が辞めてからい色々と忙しくなった。実習生の引き受け先、実習費の削減などの問題が出てきた。最も大変な問題は「主たるリハビリ実習施設の確保」であるが、簡単でなく多くの条件を満たさなくてはならない。これが最も頭の痛い問題だった。

## 三、卒業試験と授業内容

二〇一八年（平成三〇）十二月はいよいよ卒業試験である。ここでまた問題が起きた。今まで昼間部と夜間部の卒業試験は同じものであったが、今年はなぜか学科間で話し合い、それぞれ別の試験をしていた。治彦に相談があればもう少し多くの観点から卒業試験を検討したはずである。

それぞれに落第者が出た。異なる問題をして合格、不合格を決めるのはどうであろうか。一概に是非を問うのは難しいことである。卒業業試験に落とされた保護者からのクレームが来た。これも当然である。

学科長に尋ねてもその正当性を訴える。それぞれの考えがあってもおかしくはないが、治彦には納得がいかない。どうしようもなく新理事長に相談に行った。

なんと

「それでいいのでは」の言葉に治彦は唖然とした。

「違う授業をしているのですからそれでいいと思いますよ」と言う。

耳を疑う返事に

「家族は納得しませんよ。落第者を集め、同じ試験でもう一度再試験をすべきです」

と治彦は嘆願した。これに対し新理事長は

「教育論からいえば……」と続けた。

確かに治彦は教育者でない。しかし父親は教師をしていた。残された父親の手記に

「教育とは教育論を語るのではなく、教育する姿、学んでいる姿を見せることだ。教育は生きている。変化している」と書いていたのをしっかり覚えている。

結局、東洋学園本部の教育指導の責任者である学監に相談した。新理事長も、経営者そして教育者と言う立場があり悩んでいたようである。その後、「許可します」と言う有難い言葉をもらい再試験を行うことになった。

試験結果は、前回の結果とあまり変わらない。しかし二人合格となった。二人のうち一人はその年の国家試験に合格した。もう一人は不合格だったが、学生も反省し納得したであろう。合格した学生は理不尽な世の中と信用できる社会を垣間見たはずである。

年が明け一月末の本部での定例会の時である。次年度の離島奨学金制度の取り扱いについて議論が交わされた。この制度は離島及び離島に準ずる地域の学生に対する入学金の減免制度である。

入学者の増加を図る手段を検討した中で、県外の学生募集に対する苦肉の策として、学院側は「県外の学生も離島に準ずる所の学生扱いにしてほしい」という意見を申し出た。

　これに対し新理事長は
「それはおかしいと思いますよ」との返答であった。

「離島に準ずる所と言う文言がありますから。お願いします」

と学院の幹部が言った時である。先ほどの穏やかな返事とは打って変わって、いつもは冷静な新理事長がその言葉に突如反応し烈火のごとく怒った。

「お願いします？どういうことか意味が分からない！」

　血圧は有に二百を越え、心臓も百二十の脈拍数ぐらいはありそうである。新理事長は発言したその幹部を一直線に見つめ目を大きく見開き相手の考えをすべて飲み込んでいる。

　治彦もそばにいたが、目を閉じた瞼の裏には「これは子供の喧嘩ではない！」と言う文字が見えた。沈黙が続いた。誰も言葉が出てこない。

　新理事長と学院側の隙間を埋める大人の言葉が治彦の頭にも浮かばない。これでは新理事長と学院との間に亀裂が入るのも同然である。さらに沈黙が続いた。文言の解釈と言い方がまずかったようである。

とその時

「この件は持ち越しにしよう」と低い声が聴こえた。

気持ちを整えた新理事長の賢明な一言で無事会議は終わった。

しかしこの無言の会話はお互いのプライドを傷つける結果しか残らなかった。難題続きの学校経営、前理事長に対する尊敬と恩。言葉は交錯するが、ため息と共に「もう潮時」という言葉も頭に浮かんだ。教育と経営の矛盾点。交わることのない難しさがわかってきた。

二〇二〇年（令和二）三月には東洋高校の山田校長が辞めた。山田校長は長嶋高校の後輩で、東洋高校の校長に就任以来いろいろと相談を受けた。まじめな性格で温厚でありジャズ、コーヒー、フランス語と多趣味でうらやましい、県立高校の校長を退職し四年間務めたが、契約が切れたのであろうか？年老いた母親の介護をしながら単身赴任で頑張っていたが体力的限界を感じたのだろうか。あまり口には出さないが時々、仕事の大変さと重圧が表情に読み取れた。

治彦もそろそろと考えていたが、これではやめられない。あと一年我慢することにした。

しかし厳しいものは厳しい。

# 第七章　退院後のリハビリテーション学院勤務

# 第八章

## 第一整形外科病院との別れ

## 一、看護師の推薦

第一整形外科病院山本理事長の「まずは副院長から」の言葉は頭の片隅に覚えていた。

ある時、治彦と「一緒に働きたい」という男性の看護師がいた。長嶋医療センターの手術場で長年勤務したベテラン、長田看護師である。治彦が第一整形外科病院に勤務してからしばらくしてのことである。

最初は躊躇したが、病院の内情もわかり自分自身も急に辞めることはないと考えるに至った頃である。治彦は山本理事長に

「一人、看護師を手術場で雇ってもらえませんか？」と推薦した。

「手術場の経験は豊富で人間的にも問題ない人物です。給料もこちらの職員と同じで大丈夫です」

二つ返事で「オーケー」をもらえると思っていたが、答えは「考えます」であった。これは「ノー」の返事に等しい。

職場のトップである理事長が決めれば誰も反対はしないはずであるが、手術

場の看護師の意見を聞いたのであろう。

「手術場の職員に聞いたら、あまりいい返事ではなかったですね」

何となく責任回避の返答のように聞こえた。優秀な人が来るのは手術場の現場では面白いはずはなく、嫌なものかもしれない。

「給料も公的病院に比べれば安いし難しいですよ」と言う。

治彦は
「私の給料から足りない部分を埋め合わせてもらってもいいですよ」

とまで言った。しかし結論はすでに決まっていた。それでこの話は終わった。

しばらくして、現在の院長が名誉院長となり、横田先生が院長になった。治彦ではなかった。治彦を病院に招くときに聞いていた「その後院長になってもらいます」という話は、時間とともに消滅していた。役職はさておき治彦はこ
こ第一整形外科病院において患者、病院にかなり貢献していると思っていたが、勘違いであった。

この頃、治彦は、教育の場を退き一医師として生きることを考えていた。

リハビリテーション学院の今後の構想、体制などを考えると自分の能力では不安がある。結局周りに助けられてここまで来たのが実感である。今後は第一整形外科病院だけの勤務にして無理せずゆとりのある人生を選択しようと考えた。

治彦が「リハビリテーション学院を辞め、医師として第一整形外科病院に専念し務める」と言えば、一度は断られた話だが、あの時推薦した長田看護師を雇ってもらえるのではないかと考えた。そうすれば治彦と一緒に仕事をしたいと言ってくれた看護師にも顔が立つ。

個人の感情だけで話しても無理だと思い、組織の一員として今度は文書をもって山本理事長にお願いすることにした。

これはその時の推薦依頼文である。

「長嶋医療センターの手術場で二十年程共に仕事した同僚です。

第一整形外科病院への入職希望があり私からも推薦したいと思います。

彼は高校時代より卓球をしており長嶋市では壮年の部で優勝するほどの実力で現在も続けています。

これは彼が真面目に取り組み、チームワークを乱さない実直で努力家である証と思います。このことが手術場でも生かされ、他の職場に移すことができない技術と指導力を発揮していました。

手術場では特に整形外科分野を担当しており、全ての手術の内容、医療機器に精通していると思います。

これからの第一整形外科病院の将来を考えますと理事長が手術を減らした場合、脊椎、関節、外傷等もせざるを得ない状態になると考えられますし、あるいは手術場を増やして様々な手術をする時が来た場合の人材が必要になると思われます。

若い看護師も成長し、私も真剣に指導しておりますが、更に中山主任とともに協力して指導してくれると約束しています。

また新人一兵卒としてやる心構えでいるようです。手術場がだめなら一般職員として病棟、外来勤務させてもいいと思います。今の病棟看護師についていえば、まだまだ知識、技術、礼儀について不十分だと私は感じています。彼は病棟であっても実力があり、今後の病院経営として必要かと思います。

現在のような世の中ですと、いつ誰が辞めたり病気になったりするかわかりません。

彼のような人材は今後現れないと思います。

今回当病院を希望した最大の理由は、やはり第一整形外科病院という立派な病院で働き、長嶋医療センターで培った技術を若い看護師に教えたいという強い熱意が感じられました。

よって当病院の職員に採用することをお願いしたいと思います。

整形外科　神農治彦」

「ここまで書くのか」というぐらい彼を美化した文章であり弔辞にしてもおかしくない。しかし美辞麗句を並べても信用がなければ紙切れ一枚である。

答えは決まっていた。返事はすぐにない。結局「ノー」である。

まさに平身低頭、頭をひれ伏し、土下座して頼んだようなものだが無理だった。

しかしこのことは治彦にとって将来の方向性を左右する有難い分岐点となった。なぜならリハビリテーション学院を辞めようとした時、天正記念病院から誘いがあったからである。治彦は自分の将来は自分の決断以外にないと常々思っていた。下の息子も自立しもう経済的心配もない。自分の思いのままに進む覚悟はできていた。

## 二、天正記念病院からの誘い

第一整形外科病院で手術場の看護師の採用を断られ、なかなかうまくいかないものだと悩んでいた時のことである。友人の天正記念病院の森村先生から治彦に電話があった。

森村先生は東洋医学、漢方には特に詳しい。治彦の先祖も漢方医であり興味はある。森村先生は三国志に出てくる曹操の主治医、華佗《かだ》に勝るとも劣らぬ風貌と説得力がある。知識は豊富で医局の机には漢方の本が山積みである。また師匠と仰ぐ熊本市内の漢方医のところにも熱心に通い勉強していた。ただ欠点は気が弱いところである。

「天正記念病院の専務が先生に会いたいそうです」

電話は食事の誘いだった。治彦は喜んで受けた。

専務との接点は少ないが、一度会っていた。病院に何ら非がないにもかかわらず厄介な患者の対応で困っていた時だ。その時も森村先生からの紹介で専務の相談に乗り、無事解決に至った経緯がある。その時は深く感謝された。しかしただそれぐらいの面識である。

食事の場所は治彦の行きつけの料亭「奥座敷」にした。料理は美味しく、社長の心意気が好きだ。「贅を尽くしたおもてなし」の看板どおりである。今まで多くの人たちを連れて行ったが皆満足してくれる。

食事をしながらの話は雑談が多く楽しく過ごした。森村先生がトイレに立った時、治彦は専務の母親である病院の理事長のことを尋ねた。

「お母様、理事長はお元気ですか?」

理事長は、治彦が師事した整形外科の岩崎元教授と同級生であり、もう八十四歳位のはずである。しかし年齢に比べれば若々しく、背筋はシャキッと伸びている。意見もしっかり述べられ毎日外来で診療もされている。年齢に関係なくリーダーシップと求心力は衰えがない。

「はい、元気にしています。しかし母もだいぶ高齢になってきました」と言う。

「そこで次の理事長を先生にお願いしたいのですが」と唐突の話である。

「神農先生を雇いたい。そして整形外科の手術をお願いしたい」という程度の話かと治彦は考えていた。

天正記念病院は創始者が大村善三氏で、現在の理事長は三代目である。

病院の名称は、創始者が、戦国時代、まだ織田信長の時代、キリシタン大名の大村純忠がヴァチカンのローマ教皇謁見のために遣わした天正少年使節団の志と夢に大いに感動し、それに由来して名付けたそうだ。今も理事長室には画家、寺崎武夫の絵「騾馬（ローマ）ヴァチカンへの行列」が飾られている。天正記念病院は大村家一族のものである。経営のこと、兄弟のことなど難題極まりないと考えられる。

「私には整形外科を少し拡大し、手術をするぐらいしかできませんよ」

治彦は慎重に言葉を選んで答えた。

「はい、それでお願いします。母も兄弟も了解しています」

専務の弟二人も医師として勤務している病院である。本当であろうか。

なんと段取りのいい話である。即答は避けたが、断る理由はない。治彦にとっては有難い話であった。リハビリテーション学院の現状、第一整形外科病院の将来、ともに雲行きは怪しい。

夏にかけて三回ほど専務と打合せの場を持った。経営状況、職員の体制、今後の展望などである。専務の経営能力は長けていて、地域にある中規模病院として天正記念病院の経営改善を重ね前に進めている。

医師は非常勤を入れると二十名、ベッドは百二十床ある。当時は内科系主体の病院で、特に循環器内科に力を入れている。しかし地域医療を考えるとこれだけでは不十分であると考えたらしい。高齢者がますます増える中、これからは内科の慢性疾患とともに、整形外科の慢性疾患、特に関節外科、脊椎外科、老人の骨折などにも力を入れることで、内科と整形外科の両輪で病院経営は成長する。

治彦は今まで考えていた持論を展開した。合併症を持つ患者の整形外科の手術前後の管理には内科が必須である。高齢者は特に心疾患、呼吸器疾患、糖尿病などが問題であるが、天正記念病院はそのすべての疾患を網羅する内科医が在籍していることが大きな利点である。

第一整形外科病院に比べ患者ははるかに安心であり、医師にとっても手術しやすい環境だ。治彦が天正記念病院に求める要望は、無菌室を持つ手術場の改修と長田看護師の採用である。

「問題ありません。どうぞお願いします」即答であった。

「現在、病院の増設を考えており、手術場を最優先に考えます」

専務の決断は早く、簡単にそれも快く引き受けてくれた。心は動いた。

## 三、第一整形外科病院と山本理事長との別れ

それから数ヵ月後のことであった。天正記念病院で勤務することをすでに決めていた治彦は、第一整形外科病院の山本理事長に、翌年の三月で辞めると伝えた。山本理事長は驚きを隠せなかった。

「えっ、どこへ行くのですか？」

看護師の長田君を雇わないと治彦が辞めるかもしれないとは考えてもいなかったのだろうか。山本理事長の経営能力に対し、残念だが少し甘い一面を見てしまった。行き先については、翌年三月の天正記念病院理事会で承認されるまでは秘密事項である。話す理由もない。

山本理事長は続ける。

「長嶋の方面の病院ですか？」

聞き出したい気持ちはわかる。確かに長嶋であれば治彦の自宅から距離的に通勤も楽だし雇ってくれそうな病院もある。

「長嶋市ではないです。それ以上のことは四月になってからお話しします」

さらに続ける。

「お金ですか？」

「お金の問題ではありません」

「十分満足しています」

最後に「看護師の件ですか？雇ってもいいですよ」と言う。治彦は「今さらそんな話。無理でしょ」と口には出さず表情は変えなかったが、少し気分を害した。

「四月になったら勤務先はお話しします。それまで待って下さい」

話は終わった。

三月末でリハビリテーション学院は辞めた。時間的余裕はできたが、天正記念病院では手術場が整備されそれなりのスタッフが揃うまで、すぐに手術はできない。

四月以降も第一整形外科病院は、患者の手術も外来患者も予約でいっぱいである。

「今年末までは働きますよ」

治彦は山本理事長に伝えた。

治彦が辞めてしまえば当然第一整形外科病院が困ることは間違いない。この申し出も天正記念病院の了解を得た上での契約であり、専務の配慮であった。

治彦は第一整形外科病院で、八月まではそれまでと同じ週二例のペースで手術を行った。学院には行かず肉体的には楽になったが、他の病院に移動する話は第一整形外科病院内ではすぐに知れ渡り、何となく気まずい感じになった。

九月からは第一整形外科病院の手術を週一例とし、天正記念病院での手術を週二例することにした。第一整形外科病院にとっては痛手だ。外来患者も手術件数も少なくなると、病院としての収入が減るのは間違いない。

しばらくして事務職の課長から「給料を減らしていいですか？」と、看護師

がいる前で突然立ち話で切り出された。そんな話、ここでできる訳がないと思い

「いいですよ。半分にして下さい」とその場をかわした。

もともと手術の歩合制だったので当然減ると予測はしていたし、大きな問題ではなった。しかし立ち話で人の給料が決まる病院も珍しい。考えてみると、そもそも最初の契約が委任契約か、就労契約か書類もない。

もっと早くに辞めてよかったが、第一整形外科病院のことを考えて残ったことが何ら意味をなさなかった。十二月まで手術の予定は入っていたが、十一月で辞めることにした。

全て拗《こじ》れたら元に戻らない。早く身を引くことにした。

治彦は、尊敬する山本理事長、楽しく手術してきた第一整形外科病院とはいい関係でありたいと願っていた。その後は時々第一整形外科病院に顔を出し、理事長秘書の娘さんに研究の整理等をお願いしていた。しかし徐々に山本理事長の顔を見ないことが多くなったような気がしていた。

二〇二二年（令和四）三月頃から山本理事長の体調が悪いとの噂が聞かれるようになった。それまでは八十歳という年齢になっても外来診療、手術を行っていた。丁寧な診察と説明は定評があり、外来の待合室で待たされても、患者からは不満よりも適切な説明に対する信頼が勝り、毎日多くの人が訪れていた。手術に対しても、山本理事長は手術に使う医療機器をいくつも自ら開発し、何時間もかかる手術も問題なく対応されていた。

たまたま検診で肺病変が見つかり検査を重ねていたが、無症状でなかなか原因がわからなかったそうだ。やっと気管支内の腫瘍が見つかり、治療が始まった。その時は抗癌剤が効いたようだ。腫瘍病変が縮小し改善したとの話も聞いたが、しばらくするとまた再発し治療を続けているとのことだ。

聞いた話ではどうも血液疾患由来の腫瘍のようである。こうなるとなかなか先が見えない。自宅で安静にするしかない状態である。

新型コロナ感染症が蔓延する状況下では高齢者の医師が外来診療するだけでも厳しい。当然手術するのも体力的に難しい。肺炎にでもなったらすぐに重症化し、自らの生命の危機に陥るであろう。

噂を聞いてから三ヵ月ほど経った時のことである。治彦は偶然山本理事長夫妻に会った。鰻料理で有名な店「魚壮」でのことである。一見すると新型コロナウイルス感染症のこのコロナ禍の中、好きなウナギをこっそり食べに来た元気な夫婦である。お互いマスクをしているため一瞬目を疑ったが、確かに山本理事長である。コロナ禍であり体のことを考えると人の多いところは避けるべきなのにやや不思議な感があった。

山本理事長は、自らしっかりとした足取りで治彦のところに挨拶に来られた。治彦は慌ててマスクをした。

「先生お元気ですか?心配していましたよ」

まさかこんなところで会えるとは、これも不思議な縁である。見た目は決してやせ細った姿ではなくむしろふっくらとされ、元気な声で

「いやもう私は幽霊みたいなものですよ。ふらふらしています」と言う。しかしとてもそうは見えず、笑顔も見えた。冗談としか思えず少し安堵した。長話

はできなかったが治彦は
「無理せず、ゆっくり養生してください」と言った。

これが最後の会話となった。

その時は体調もよく、久々に外出する気分になっていたのだろう。今思えば治療薬のステロイド剤の影響かもしれないが、ふっくらとされ顔にも張りが感じられた。治彦にも元気な姿を見せたかったのかも知れない。

その後、山本理事長の病状は一進一退を繰り返しながら徐々に悪化し、最後は痛みに対し鎮痛作用のある麻薬製剤を使っていたそうだ。

残念ではあるが二〇二三年（令和五）七月に帰らぬ人となった。ついに治彦は、世話になった二人の理事長を亡くした。二人の理事長との出会いが治彦の軌跡をつくってきたのは間違いない。

## 四、リハビリテーション学院、最後の卒業式

話は二〇二〇年（令和二）冬に遡る。天正記念病院への就職の話は順調に進んでいた。治彦はこの年をリハビリテーション学院で過ごす最後の年であると考えていた。リハビリテーション学院は、これから学生にとっては最も重要な卒業試験、国家試験の時期である。いい結果を残さなくてはならない。やるべきことをやり結果を待つことにした。

頃を見計らって、十二月、東洋学園の新理事長に、来春三月でやめることを伝えた。

「私はまだ医師としてやり残したことがあるような気がします」

治彦は続けた。

「多くの患者が手術を待っています。両立は年齢的に厳しくなってきました」

無難な言葉を並べた。新理事長も穏やかに対応し引き留めることはなかった。以前から治彦の態度に気づいていたのであろう。

「わかりました。先生さえよければ顧問として残ってくれませんか」

そしてこうも言った。

「東洋学園創立百周年事業が残っています。是非協力してください」

これは前理事長の夢でもあり、引き受けるのは吝《やぶさ》かではなかった。

後任の次期学院長に誰を推薦するか聞かれるかと考えていたが、何もなかった。この苦難の時代適任者を見つけるのはなかなか難しい。治彦も紹介しづらいし、年俸を考えるとなおさらだ。以前のように兼業も無理だ。

後任の心配をする様子がないところを見ると、新理事長が自ら兼務するような気がした。それが最善の選択かもしれない。

二〇二一年（令和三）三月は、リハビリテーション学院の卒業式であり治彦にとっても卒業式である。リハビリテーション学院の体制を整えるために、副学院長を二人にした。さらにもう一人統括学科長を決め、それぞれに責任感を持たせ学院の運営に協力させようと考えた。

卒業式は三月初めであったが、職員は治彦が辞めることをまだ誰も知らない。

昨年二月、日本で最初に新型コロナウイルス感染症（COVID－19）が発生して以来まだまだ予断を許さない状況であり、二月に入りやっと医療従事者にワクチン接種が始まったばかりである。

このような状況の中でも、社会への第一歩を踏み出す学生諸君には可能な限り記憶に残る卒業式にしたいと考えていた。できれば今まで世話になった方々を来賓として呼びたかったが、コロナ禍の状況と学校という立場上無理なことも出来ない。学外からは難しいため、唯一学内で非常勤講師をしていたジャクソン・ギャロット先生を来賓として招聘した。

ギャロット先生は三十年以上、学院の英語教育に貢献した唯一無二の存在である。卒業式では英語でのスピーチを交え三十年の歴史を語る奥深い挨拶をしてくださった。

治彦もまた、自らの卒業式と考え式次を考えていた。まずは次の三点を語った。

第一は「愚直なる勉学の継続」。

「卒業は、終わることのない新たな学習の始まりでもあります。まずはこのことを肝に銘じていただき、常に自己学習の継続を行うこと。これが「愚直なる勉学の継続」です」

第二は医療人としての「人間性の涵養《かんよう》」。

「治療の現場において患者との信頼関係が極めて重要であり、知識、技術が活きてきます。また異なった多くの分野に関心を持ち積極的に学ぶことにより人格、人間性を膨らみのあるものにし、患者との信頼関係の構築に役に立ちます。すなわちこれが「人間性の涵養」です」

第三は「充実した仕事が充実した人生を作る」。

「自分の仕事にプライドを持つこと。更に夢を持つのと同時に自分の足元を顧みながら医療人として成長していくと充実した人生に繋がると思います。これが「充実した仕事が、充実した人生を作る、ということです」

そして最後に、治彦自身の人生を投影させながら、アップル社の創業者であるスティーブ・ジョブズ氏が米国スタンフォード大学の卒業式で述べた祝辞を引用した。

「スティーブ・ジョブズは卒業生に対し『君たちの時間は限られている。最も大事なことは、あなたの心や直感に従う勇気を持つことだ』そして『Stay hungry Stay foolish（ハングリーであれ、愚かであれ）』と述べています。

彼は、人生の流れを『人生とは点と点がつながり、最後に振り返った時、点が結びついたことがわかるのだ』と表現しています。さらに『皆さんもそうですが、将来を予測して点を結びつけることはできません。したがって、皆さんはその点がいずれ未来でつながると信じてこれから生きていくべきです。なぜなら信じることが更に自分の心に従う自信になるからです』と述べています」

そして最後は治彦の言葉で締めくくった。

「『ハングリーであれ、愚かであれ』とは、自ら貪欲に挑戦すること、無限の創造力を導き出す愚直さを意味するものと思います。皆さんの人生はこれからです。本日、「卒業」という点を通過しました。これから新しい人生、世界が広がっています。しかし皆さんの時間も限られています。挑戦と創造力とそしてそれを行う勇気を持って欲しいと思います。今回縮小した卒業式にせざるを得なかったことを本当に申し訳なく思っております。しかし、私にとっても、皆さんにとっても、特別なそして記憶に残る卒業式であると信じています。令和三年三月四日」

リハビリテーション学院の卒業式は終わった。

同年三月の末、今度は職員一同リハビリテーション学院の講堂に集まり治彦の送別会が行われた。リハビリテーション学院の職員から、花束、寄せ書き、更にリハビリテーション学院の校歌の入ったCDも送られた。皆で長嶋リハビリテーション学院の校歌を歌った。

治彦は学院の校歌を大変気に入っていた。作詞は治彦の中学の恩師で国語教師の牛嶋知孝先生である。歌詞の中に「使命に生きる若人が心理の扉開く朝、常盤なる丘に風光る」とある。そして最後に「ハビリスの丘、花満つる」のフレーズがある。学舎が立つ常盤の丘を「ハビリスの丘」と、前理事長が名付けた。

そもそもハビリスとはラテン語でリハビリの語源であり、存在を意味する。またその語源をさらに遡ると、ホモ・ハビリスという、二五〇万年前、猿人と原生人類の間にいた石器造成技術を持った器用な化石人類のことを示す言葉がある。

ホモ・ハビリスは道具を使っていて、人間らしい有能、機能、役に立つと言う意味を持つ。リハビリとはリ・ハビリスで、器用な人間らしさを取り戻すという意味である。重要なのは「人間らしさとは何か」ということを、前理事長は伝えたかったのだと思う。

リハビリ・介護の世界で言えば「尊厳ある介護とは、介護されている患者の中に尊厳があるのでなく、介護する者の心に尊厳があるかどうか」ということである。

ハビリスの丘に立つ学舎で、リハビリの原点を追及して欲しいとの願いである。まさに感慨深い。前理事長のあの誘いがなければこの感動は得られなかった。

治彦は、大山英一前理事長と新理事長に別れを告げ、感謝の念とともにハビリスの丘を後にした。

# 第九章

# 天正記念病院就職

## 一、理事長としての仕事

まだ治彦の二足の草鞋は終わらない。

天正記念病院ではまず理事長としての心構えが必要である。第一は地域医療に対する貢献である。患者をいかに大事にし、更に集客し、納得してもらえる医療を目指さなくてはいけない。治彦は対外向け医療機関に対する自己紹介で次のように述べた。

「志あればどんな難病でも解決策が見つかる」という意味の「医は意なり」と題して書いた文章である。

「天正記念病院は開業して以来六十数年の変遷を経てまいりました。

初代理事長の地域医療に対する慈愛の精神は脈々と受け継がれ地域に根差し、その意思を受け継がれた前理事長により病院施設の全面改装が行われ、患者様に優しい看護を提供するよう改新を行ってまいりました。

高齢化社会の進む現在、脳血管障害、心疾患またサルコペニア等問題になっており、そこから誘導されるフレイル（虚弱状態）を回避し健康長寿を支援するためには、総合的リハビリテーション、在宅医療、デイケアなど幅広い医療の提供が必要です。

当病院としましては、高齢者には内科的慢性疾患の治療、退行変性による骨・関節疾患に対しては痛みから解放される生活を支援します。また若い世代には疾病の早期発見、治療を主とし、予防医学の充実を図っていきたいと考えています。

医療従事者とは、病気を治療するだけでなく患者の人格を尊重し、その患者様そのものを治療するものと考えています。深い知識、優れた治療技術は必須のものですが、プロとして医療人に求められるものは、患者に対する共感の提示と病める人々あるいは障害をもった人々を包容できる人間的な豊かさ、すなわち『人間性の涵養』であると考えています。病院としては、この言葉を踏まえ患者様に接していきたいと考えています。

社会を見れば、まだまだ未知のウイルス、さらに治療法の見つからない疾患があり、病気そのものが社会構造を変えようとしています。当病院としてはどのような状況であろうと、普遍的に社会的医療貢献を重視し、地域医療に対しては労力を惜しまず、謙虚な態度で患者様と対話し納得のいく医療を提供していきたいと考えております」

理事長として治彦が地域医療に貢献したい気持ちは山々である。整形外科医が最低三人は欲しい。天正記念病院にはもうひとり整形外科医を確保しないと困る。できれば麻酔科医も確保したい。以前から整形外科医を雇う計画があるが、なかなか実現しない。その理由のひとつには医療社会を取り巻く難解な構図がある。

十年ほど前に新研修医制度ができた。これは研修医は医学部を卒業後二年間、研修指定病院で指定の必修科をローテーションで回り総合的に医師の基本を身に着け、それから自らが希望する診療科に入局するという制度である。

それまでの大学の医局は、毎年退局して開業、または勤務医として就職をする医師はいたが、研修医が卒業後すぐに入局していたので一定数保たれていた。

しかし新制度が始まると研修医は二年間各地に散らばるので、その分医局人事が回らなくなってきている。

特に地方大学は人気がなく、二年間の研修期間に都会の空気を吸ってしまうと地元の大学に戻って入局しようとする人数は減る一方である。そうすると、医局の限られた人員で関連病院に医師を派遣するのは大変で、病院側としては人員が減らされると仕事量が増える。さらに人員は減らずとも、卒後二十年目のベテランの医師が辞め、卒後五、六年目の若い医師が来ても病院のレベルが下がるという悪循環が生じる。

結局、大学医局は退局者を喜んで送り出すことは難しくなってきた。時勢に逆らうことは困難であり、大学医局も頭が痛い。これは地方大学の宿命のようなものである。よほどの魅力がないと厳しい。

天正記念病院においても、手術ができたとしても整形外科医が治彦と森村先生の二人では大変だ。もう一人若手の元気な医師が欲しい。立ちふさがる壁は高い。

四月から六月までは外来だけにした。少しずつ患者も増えて、六月からは週一例ずつ人工関節の手術を始めた。長田看護師も正式に就職して、手術場勤務となった。大学の麻酔科医局にお願いして麻酔科医師を招聘し、近隣の病院の若手医師に手術の助手を頼んで、どうにか手術を可能にした。

第一整形外科病院との契約が終わり、治彦は十二月からやっと天正記念病院に専念できる形となった。しかし整形外科医は二名である。常勤の麻酔科医師もいない。

そういう状況で木曜、金曜の午後、週二回手術を行った。麻酔は引き続き大学の麻酔科医局に依頼した。大学麻酔科の医局長は快く引き受けてくれた。有難い事であった。

佐賀県で勤務医として働く井手先生も協力してくれた。井手先生は治彦が長嶋医療センター時代、研修目的で佐賀大学整形外科医局から派遣してもらい、ともに働いたひとりである。人柄もよく手術もうまい。その後、佐賀大学医学部整形外科の准教授をしていた。今は民間病院の院長だが、木曜日の午後は自由な時間があるということで、主に専門の膝関節の患者に対する手術を診療応援として来てくれていた。人手不足の病院にとってこんな有難い話はなかった。月に二回も木曜の午後に自ら車を運転して手術に来てくれていた。

しかし順調という言葉があるのは、その反対の状況もあるということだ。二〇一九年（令和元）十二月、中国の武漢市で一例目の感染者が報告されてからわずか数ヵ月で急速に拡大した新型コロナウイルス感染症（COVID－19）によるコロナ禍である。

リハビリテーション学院の学生実習などもそうであったが、患者を扱う病院にとってはもっと深刻であった。病院経営としては困った事態になった。

わが国でも二〇二〇年（令和二）一月十五日に最初の感染者が確認され、全国各地へと広がった。新型コロナウイルス感染症は猛威を払い、長崎県では医療職は特に県外移動も厳しく制限された。

天正記念病院でも高齢者病棟でクラスター（集団感染）が発生し、患者、職員ともに濃厚接触者が多数確認され大変な事態になった。しかし手術を止めるわけにはいかない。手術場職員と非常勤の手術応援医師は、毎回ＰＣＲ検査（鼻腔の中の新型コロナウイルスの遺伝子を専用の薬液で増幅させ検出する検査）を受けてから手術を行っていた。

そこまではどうにかクリアしたが、麻酔医の派遣をお願いしていた大学の麻酔科は、「県外者と一緒の手術は厳しい」という大学病院のルールがあり、頼めなくなった。仕方のないことであり、治彦はそれまで協力してくれたことにただただ感謝していた。

一方、佐賀の井手先生は「それなら」と自分の病院の麻酔科医、島川先生を連れて手術に来てくれた。当然ＰＣＲ検査をしてからの麻酔、手術であるが、手術ができることが有難い。こんなにも協力してくれた井手先生、麻酔科の島川先生に、治彦は感謝しかない。多くの人の協力でどうにかコロナと手術の共存を続けた。

## 二、　患者の死

コロナ禍の中、どうにか外来・手術と順調に進んでいった。

ある日、治彦の遠い親戚にあたる北野さんが患者として病院を受診した。祖父の代が従兄弟同士であり三十年ほど前に千代三郎叔父の妻である治子おばさんの白寿の祝いの会で初めて会って以来である。治彦よりもはるかに年上でもう八十四歳になる。真珠工芸品を作り趣味のカメラはプロ級の、芸術的センスのある男性である。

「先生がここに来られていると聞き受診しました」

本当に久しぶりで最初は戸惑ったが、話をすると温厚で人間的な優しさが感じられた。

「腰が痛く、足がしびれて困っています」と言う。

加齢による腰の変形で神経が圧迫され下肢がしびれる、いわゆる脊柱管狭窄症の症状である。しかし見るからに痩せているので、

「体調はいいのですか？」

と整形外科以外の病気を心配して聞いてみると、奥さんが
「毎年夏はこのように痩せて食欲がないのです」と答えた。
「内科には受診されているのですか？」
「はい、かかりつけの病院で定期的に診てもらっています」
治彦は少し気になったが、内科にも診てもらっていると言うので
「じゃあ、痛み止めとしびれを取るような薬を出して、少しリハビリでもしましょう」
と、いわゆる一般的な対症療法で経過を見ることにした。

患者である北野さん本人は治彦との関係を重視し親戚のことや昔の懐かしい話をしてひどく具合が悪い感じはなかった。
患者の曽祖父は北野道春といい、幕末に尊王攘夷派の医師として活躍し倒幕活動では有名である。その子北野泰次郎も医師で、神農自哲の娘を嫁に娶《めと》っている。そのような関係で、神農家の治子おばさんの白寿の祝いに出席したのだと、詳しい説明を受けた。

その後数回外来に訪れたときも患者本人は相変わらず昔話をするが、奥さんは心配になったのか夫の様子について
「やはり食欲がなく、夏のせいかなかなか食欲がすすまないのです」と話を切り出した。
治彦は
「この病院でもCT検査、胃カメラなどできますが、どうしましょうか?」
と提案したものの、すでに内科に診てもらっていると聞いていたので
「でも勝手に検査もできないので、かかりつけ医に相談されたらどうですか?」と尋ねた。
確かに痩せ方が異常だし話し方も以前より元気がない。
数日後治彦のもとへ「入院させてほしい」との連絡があった。全身CT検査の結果は「胃がんの末期で肝臓、肺に転移がある」とのことだ。治彦は、全く気付かず薬とリハビリで様子を見ていた自分を恥じた。血液検査も最悪である。発症後急速に悪化したのであろう。

急変することはないと考え、しばらく自宅で様子を見て最後は病院に入院してもらうこととし、在宅医療をおこなった。

その間に東京にいる子供達を呼んだ方がいいと勧めた。入院してからは面会も病院のルールがあり、いつでも可能と言うわけにはいかない。

しかし北野さんの症状の悪化は早く間もなく自宅では無理と判断、入院してもらい看取り医療をすることにした。入院して二日目、患者の従兄弟であり内科医で元教授の斎藤先生が、天正記念病院に見舞いに来た。

斎藤教授は以前から知っていたが、回り回って治彦の遠い親戚になることが分かった。自宅は治彦の家の近くで五分ぐらいのところである。奥さんは琴の名手と聞いていたが手関節を骨折し治彦が手術した経緯もある。しかしそのころは全く何も知らずの他人であった。

斎藤先生は佐世保の病院の院長をされている。コロナ禍で簡単に面会できないことを察知したのだろう。白衣姿で往診用のバッグを持って見舞いに来た。当然内科の元教授なので病状については治彦より詳しい。一応治彦から、ＣＴ

検査画像で胸部、肝臓、胃を含め患者の消化器官の現在の状態と血液検査のデータを説明した。

状況を納得した後、三十分ほど患者本人と話をしたようだ。斎藤先生もそう長くはないとの判断である。

その翌日のことである。夜九時頃奥さんから治彦の自宅に電話があった。

「主人が亡くなりました」

「え、本当ですか？」

信じられない。昼間は、まだ話もできていたのに。

夜になって急変したようだ。救命措置は取らないと同意書は取ってはいるが、少し早すぎだ。胃癌が肺へ転移していたが、それが原因で呼吸不全を起こし亡くなったと思われる。いわゆる癌死である。

奥さんの話は続いた。

「今は私だけで、子供は東京です。頭が真っ白で、何も考えることができません。先生お願いします」

そう言われてしまうと何もしない訳にはいかない。一瞬どうすればいいのか考えたがすぐには何も浮かばない。「葬儀社」、それだけが浮かんだ。

「わかりました。今から出ていきます。葬儀社はどこかに決めていますか？」

「はい、前から農協で互助会に入っているところがあります」


治彦は、それを聞いてすぐに病院に向かった。病院に着いてすぐ病室を訪ねた。静かだ。誰もいない。遺体だけが寂しく横たわり、奥さんはいない。遺体はきれいに清められ静かに病室に安置されていた。治彦は遺体に手を合わせ、もう少し早く病院を受診されていたら色々な話ができたのにと後悔しつつ頭を下げた。

奥さんがバタバタと入ってきたので尋ねた。

「葬儀社には電話されましたか？」

「何が何だかわからず、まだ何もしていません」

顔は紅潮して言葉に安定感がない。

病院は葬儀社ではない。病院の車で遺体を運ぶわけにはいかない。役割をはっきり説明しないと進まない。

「すぐに葬儀社と、お寺にも電話してください」

治彦の指示でやっと事が動き出した。葬儀社は慣れたもので、三十分ほどで迎えに来た。治彦は奥さんを自分の車に乗せ葬儀社まで連れて行った。葬儀社では一夜を過ごす祭壇が作られ静かに遺体が安置された。

そこまでが治彦の仕事だと考えていたが、とんでもなかった。そこから治彦の本当の仕事が始まった。


まずお寺に電話して枕経、通夜、葬儀に僧侶が出向くことが可能かどうかの確認が必要である。奥さんに「すぐに電話するように」と言った。明日のことだ。こうしないと間に合わない。

お寺は知り合いの僧侶が偶然当直で助かった。相手にも予定はあるはずだが「明日朝八時からなら大丈夫です」との返事ですぐに承諾を得た。

奥さんは葬儀社の質問に何かボーッとして頭が回らず、すべて治彦に相談する。何となく無難なものにしたいという感じが読み取れた。治彦も相手の家庭状況は詳しくわからない。しかし決めないと夜が明けてしまいそうだ。それぞれの家庭に予算と言うものがあるだろう。わかっているのは二人とも八十過ぎた老夫婦で年金暮らしである。趣味的な真珠工芸店を細々と営んでいる感じである。

そこで治彦は、金額面はすべて「これぐらいでいいでしょう」と無難なものを代わりに選び決定していった。葬儀場の部屋の広さ、祭壇の大きさ、棺、返礼品など多くのものがある。

遺影については生前から患者本人がカメラで自分自身を撮った写真に決めており、これだけは奥さんの意見ですんなり決まった。

やっと落ち着いたかと思ったら

「最後のあいさつ文はどうしましょう。趣味とか、好きだったものを教えてください」

との葬儀社からの質問である。

質問用紙があり性格、趣味、仕事などチェックする項目があった。葬儀社ではいくつかのパターンがあるらしく個人に合わせた文章も考えてくれる。有難い話だが私もよくわからない。奥さんも「頭がいっぱいで何も浮かばない」と言う。

確か「カメラが趣味。腕前もプロ級で、写真をこよなく愛していた」と聞いた記憶があったので、治彦はつい

「『今は遠くから好きなカメラを片手に家族を温かく見守っているでしょう──』とか一文を入れるのは」

と無責任に言ってしまった。患者の子供たちにも知らせず治彦が勝手に挨拶状の原案を作ってしまった。その一文が翌日はなんとお礼の言葉になっていた。

全てが終わったのは午前零時を回っていた。

奥さんは、翌日は朝八時から喪服に着替えて枕経。夕方からは通夜がある。東京の子供たちは通夜にはどうにか間に合いそうである。一旦家まで送り治彦が自宅に帰ったのは午前一時を過ぎていた。さすがに治彦も疲れた。

八十過ぎの奥さんはもっと疲れたであろう。一人で大丈夫かと不安もよぎった。治彦も疲れはしたが、ここまで関わった葬式請負人として通夜に参加しな

いわけにはいかない。

翌日は、斎藤先生は当然参列されていたが、ほとんど知らない方ばかりである。しかし無事に通夜までこぎつけたことにほっとした。治彦は、通夜で初めて会う息子さんにお礼を言ってもらった。

そうなるとなおさら無責任なこともできない。とうとう翌日の葬式まで参列し見送りをした。これはすでに医師の仕事の範囲を超えているのであろうが、遠い親戚でもあるひとりの患者の最期をしっかりと見届けた三日間であった。

治彦は以前、医者の生き方として第一に患者、第二に病院、そして第三に自分のためという考えを持っていたが、働き過ぎて顔面神経麻痺を発症した時にそれを捨てたつもりでいた。だがふと気付いてみると、天正記念病院に来た今、長嶋医療センターを辞める前の患者第一の考えで動いている治彦がいた。

## 三、　天正記念病院の診療

二〇二二年（令和四）四月からは、新たに整形外科医の鶴田先生が天正記念病院の常勤医として勤務してくれた。鶴田先生は大学を卒業後、長崎県の離島に十年以上勤務していたが、年齢も四十歳を過ぎる色々な問題が出てくる。両親の介護、世話、家族の事などを考え、実家に近いところで地域医療に貢献したいとの自らの考えで、治彦とは長嶋医療センターで共に働いた縁もあり、天正記念病院に就職してくれた。

また麻酔科医も同様に両親のいる地元で働きたいという優秀な常勤医が見つかり、手術場も活気が出てきた。

整形外科医三名となり、手術場が整備され、天正記念病院では年間二百例近くの整形外科疾患の手術ができるようになった。その七割は高齢者の股関節、膝関節の慢性疾患である。加齢とともに変形し痛みを伴う股関節と膝関節に対する人工関節置換術である。

病院の手術は増え順調に進んでいたが、四月末頃から治彦の体調が何かおかしい。食欲がなく、何も食べてもおいしいという気持ちにならない。背中も痛い。子供たちから食事に誘われるが、行ってもあまり食べたくない。半分ほどで食欲が落ちる。

珈琲も好きだったが胃腸を刺激するのだろう。すぐトイレに行きたくなる。毎日の暑さ、食欲の低下、倦怠感が治彦を不安にさせた。単なる夏バテなのだろうか。

妻も治彦の体を心配し、昼食は気を使って消化のいい弁当を用意してくれた。しかし気遣いの弁当も工夫した味も、食欲の改善には繋がらなかった。

そこでまず食欲低下に対し胃カメラ検査をしたが異常はない。次いで大腸検査もしたが、これも異常は見つからない。血液検査もしたが、食べ過ぎ、運動不足などが原因と思われる中性脂肪がやや高いぐらいで、肝機能、膵臓の消化酵素アミラーゼに異常はない。脂肪肝は以前から指摘されており問題視するほどではない。

ただのストレスであろうか。五月、六月と、二ヵ月経っても症状は変わらない。体重はさらに五キロ程減少し、見てわかるほど痩せてしまった。

何かある。医者なら体重減少、背部痛で思いつくのは膵臓癌である。治彦の友人も六十歳の時、腰の痛みで病院を受診し血液検査を受けたが「膵臓の酵素であるアミラーゼが少し高いだけですね」と言われ経過観察していた。後に膵臓癌が見つかり手術を受けたが発症から二年で亡くなっている。その友人は中学、高校の同級生で、山下慶一と同様に高校時代は「現代真理研究会」に所属し一緒に楽しい学校生活を送った仲間である。高校を卒業後、京都大学文学部に進んだ。その後言語学科の教授となり、自らを「翔雲」と呼び学生を指導していた。

治彦は亡くなる直前に面会に行き別れを告げたことを覚えている。彼は家族葬を望み、治彦は葬式には出ていない。

亡くなった日からちょうど、四十九日目に彼から手紙が送ってきた。死の前に準備していたのだろう。

「あの世とやらに旅立ちました」とある。

「遺骨は玄界灘に散骨してもらいふらふらと漂っています。海を見たら少しだけ翔雲のことを思い出してください」と書いてあった。

この記憶が頭から離れない。一般の血液検査では十分わからないことがたくさんある。

治彦は八月に大腸の検査と、もう一度胃カメラ検査を行った。やはり結果は同じで何もない。むしろ消化管の検査でのいろいろな処置が胃腸を刺激し、ますます思わしくない。

全身ＣＴ検査（コンピューター断層撮影）と血液の悪性腫瘍マーカーの検査を行った。幸いなことに悪性腫瘍マーカーに異常はなかった。

全身ＣＴ検査でも肺、肝臓、膵臓、腎臓、前立腺、いずれも悪性の所見はない。良性の肝嚢胞《のうほう》と腎嚢胞があるだけであった。肺にも転移などを思わせる所見もなく、リンパ節の腫脹もない。

しかし食欲の低下、胃腸の症状は変わらない。体重は減るばかりである。ますます不安になってきた。

さらに今度は手術中に耳がボーッとなり自分の声が響いて聞こえ出した。ちょうど、飛行機に乗った時の感じである。人工関節手術の手術着は感染予防のために滅菌された宇宙服のようになっている。頭にヘルメットを被り、呼吸ができるようにやや冷たい空気が流れ込むようにできている。そのため冷たい空気が耳を刺激してそのような症状が出るのかもしれない。

自分の声が響くだけで痛みはないが不快感があり、それがまたストレスになってきた。

治彦は意を決して長崎市内で耳鼻科を開業している卓球部の先輩である重野先生に電話した。

重野先生とは長嶋医療センターで同時期に働いたことがある。非常に温厚で学問的にも秀でた先生である。

治彦は症状を訴えた。

「自分の発する声が、耳の中で反響してボーッと聞こえるのですが」

「他人の声が、それとも自分の声が？」

「他人の声はしっかり聞こえ、自分が発する声が響きます。特に手術場など寒いところでそうなります」

「ああ、それは耳管開放症ですね」

重野先生の返事は、意外とあっさりであった。

「一度病院に来てください。検査してあげるから」

「耳管開放症」。初めて聞く言葉であった。

調べてみると耳管とは耳の奥にあり鼓膜の奥の空洞から続く中耳の奥にある咽頭を交通しているものであり中耳の圧力を調整する働きをしているものと分かった。（図7）

はっきりわからないが、口の奥と耳が耳管で繋がっており、耳管が開いていると声が直接口の中から耳に伝わり口を閉じてしゃべった時のようにボーッと聞こえるのだと理解した。

（図7）耳管の位置と構造

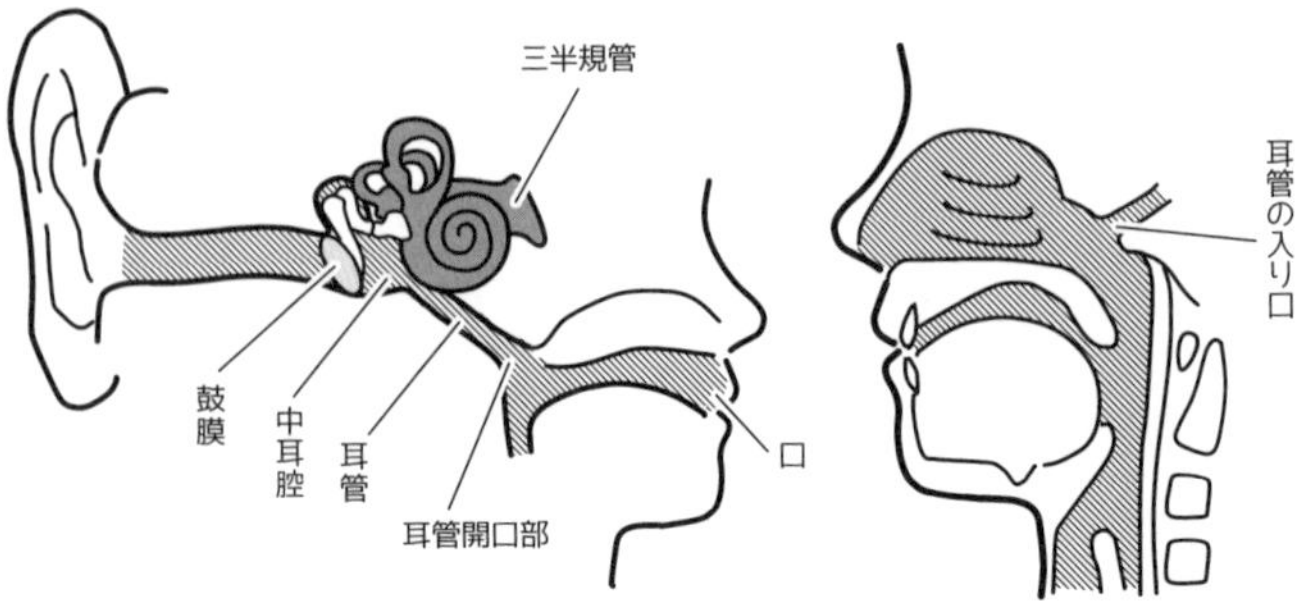


治彦は早速診察に行き、まず耳管機能検査を受けた。不思議なことに体を仰臥位、つまり仰向けにしたり頭を傾けたりすると症状が改善することが分かった。

「やはり耳管開放症」とのことである。

「多くは激痩せした時、耳管周囲の脂肪が減って薄くなり症状が出る場合とか、ストレスでなる人もいる」と、重野先生から詳しく説明を聞いた。

「症状が強くアナウンサーなど仕事に支障がある人には手術する場合もあります。手術は簡単にできます」

とも言われたがそこまでは決断できなかった。

治彦の場合、確かにストレスで食欲低下となり体重減少を起こし、耳管周囲の脂肪が減って耳管開放症になったとすれば話は通じる。さらに自分でも調べてみると長時間の歩行や長時間立位でいると同様の症状が出ると書いてある。手術場の冷たい空気が原因と考えていたが、長時間立ちながらの姿勢での手術が原因とすれば納得がいく。やはり身を取り巻く諸々のストレスだろうか。診断がついたことで中途半端な安心と不安が入り混じった状態である。しかし体重は減り、耳の不快感も変わらず、時だけが過ぎていった。

九月になった。長男があまりに心配するので長嶋医療センターに電話をし、昔からの知り合いである消化器内科の西田先生を受診した。
検査したデータをすべて持って行った。西田先生はそのデータを見て笑いながら
「データは全く問題ないし、消化機能不全ですね。この薬はすぐには効かない

けれどしばらく飲んでください。」で終わった。

考えてみると治彦は胃腸の調子が悪く胸やけもするため坑潰瘍薬《こうかいようやく》を飲んでいた。これは胃酸の分泌を抑え潰瘍を治療する薬だが、長く飲みすぎると胃酸の分泌を抑え過ぎてしまい結果的に食欲低下につながる恐れがある。また腰の痛みには漢方薬を飲んでいた。その中にジオウという成分がありこれも食欲低下の作用がある。すべての薬をやめた。ここまで検査してそう言われたのだから、それ以上でもそれ以下でもないだろう。大分安心した。

季節も涼しくなり夏バテから解放されると、食欲も不思議と出てきた。食べる元気があるうちに食べようと思い頑張って食べた。少しずつ治彦の体重は戻り始めた。一体何であったのだろうか。

体重が増えると耳管の脂肪も増えたのであろうか、耳管開放症の症状も改善してきた。

考えてみれば全身ＣＴで異状なく、悪性の腫瘍マーカーも陰性である。残るのは夏バテとストレスしかないと言い聞かせた。

一難去ってまた一難。今度は体重が戻ると、股関節と臀部そして下肢痛としびれがある。腰からの症状ならまだいいが、不安なのは股関節の痛みである。腰からの症状でも股関節痛は出現するが、治彦には不安な要素がある。それは以前経験した顔面神経麻痺の治療としてかなり大量のステロイド剤を服用したことである。このステロイド剤による特発性大腿骨頭壊死が頭にちらついた。

股関節を形成しているのは寛骨臼《かんこつきゅう》と大腿骨頭であり、体重を支える荷重関節で重要である。特発性大腿骨頭壊死は　アルコールの多量摂取やステロイド剤の大量投与によって大腿骨頭の血液の流れが阻害され骨組織が破壊された状態を言い、大腿骨頭が潰れていく病態である。

不安な中、治彦は股関節のＭＲＩ検査をした。誰しも自分が専門とする疾患になるのは嫌なものだ。結果は股関節に異常はなく変形も関節水腫もない。大腿骨頭壊死ではなかった。

しかし腰椎のＭＲＩでは腰部脊柱管狭窄症で、脊椎の神経である馬尾神経を

（図8）大腿骨頭壊死

大腿骨頭を栄養する血行障害で骨頭が潰れてくる病態

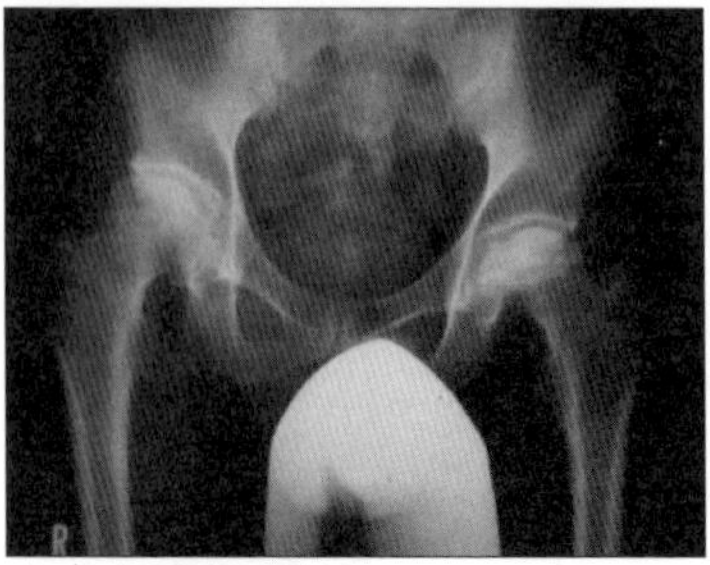

A）左大腿骨頭が陥没

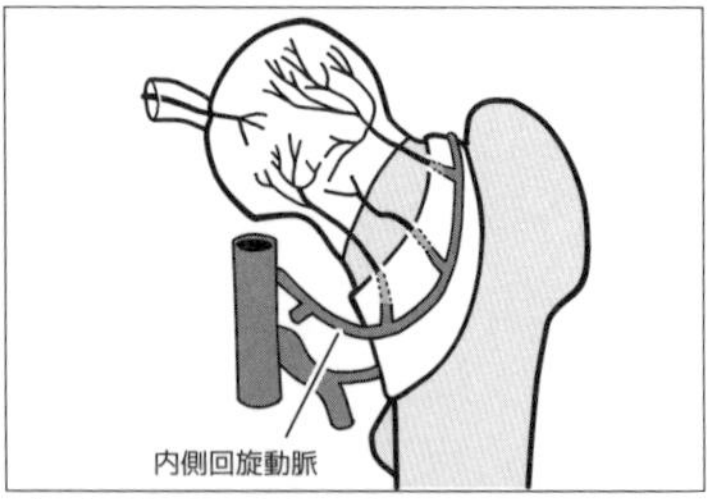


B）大腿骨頭の血液の流れ

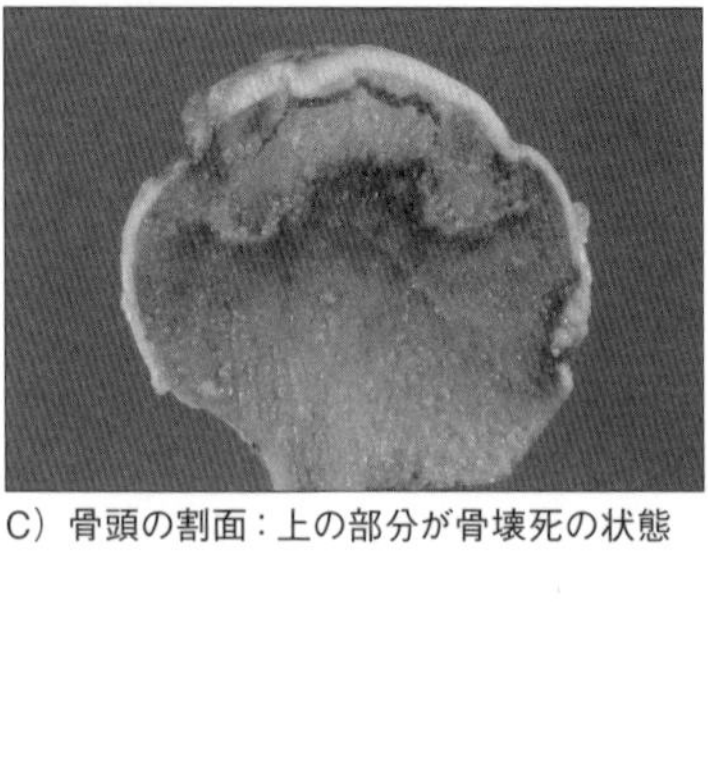

C）骨頭の割面：上の部分が骨壊死の状態

（図9）脊柱管の構造と脊髄の位置

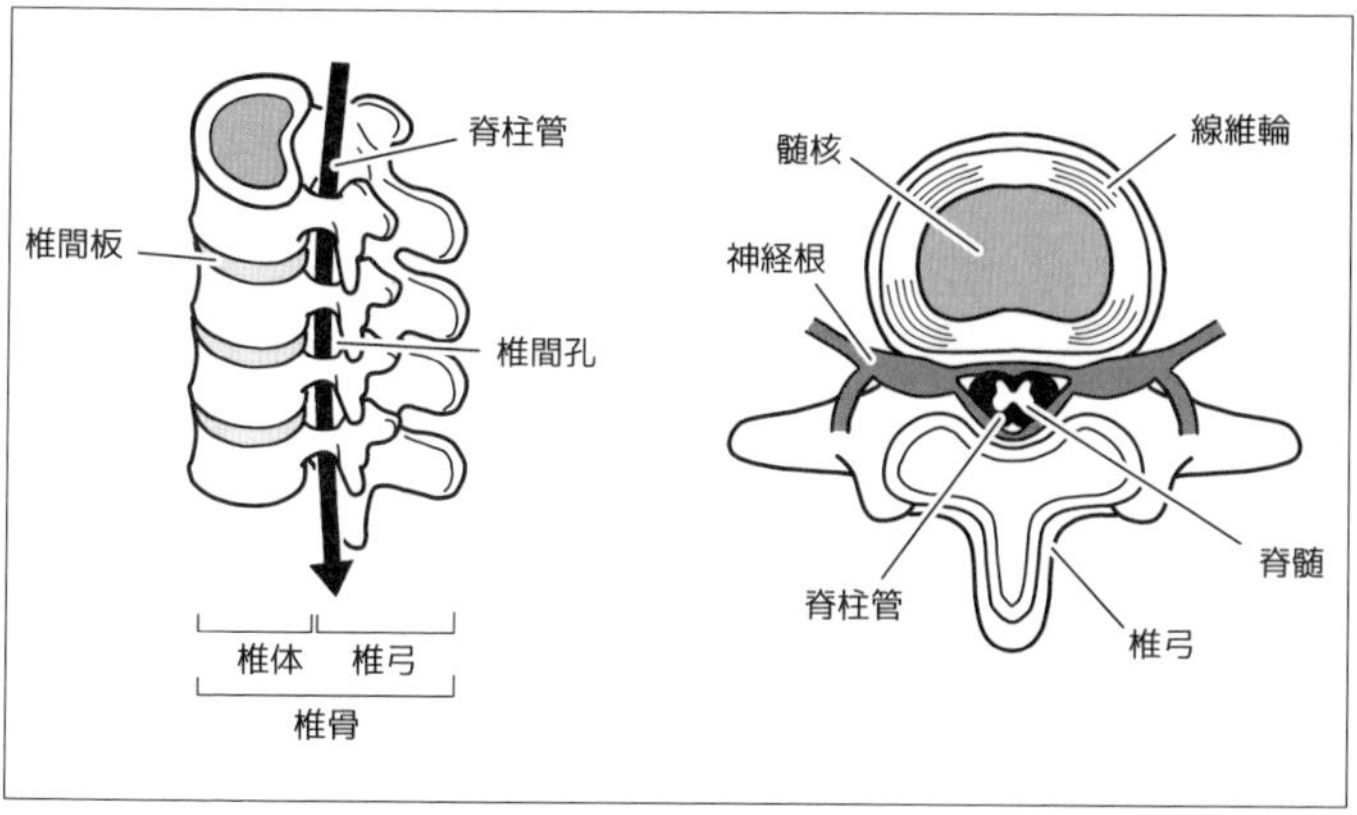


圧迫しその症状として足がしびれて脹脛《ふくらはぎ》が痛いことが分かった。脊柱管とは背骨の中を通る脊髄からの神経の通る管であり、骨や靭帯、椎間板さらに脂肪組織などで構成されている。その骨や靭帯の肥厚、椎間板の突出などで脊柱管が狭くなり周囲から神経を圧迫している状態が脊柱管狭窄症である。

体重増加による脂肪の増加は脊椎にも負担がかかる。なぜなら脊柱管内にも脂肪組織がありそれも増加すると神経を圧排《あっぱい》するからだ。納得はいくが脂肪とは厄介なものだ。

皮下脂肪、体内脂肪はよく聞くが、

治彦の不調は耳管周囲の脂肪、脊柱管内の脂肪の増減が原因であった。共にわずかな量に過ぎないが、これがストレスに変わるとすごい力量だと痛感した。原因がわかり、少しストレスから解放された（図9）。

まだ頑張れそうである。そう思っていたところに、さらに治彦を勇気づける出来事があった。外来に思いがけず、以前治彦が股関節の手術をした患者の訪問があった。

「先生、ずいぶん探しましたよ。元気にされていますか？」

杖もつかず、しっかりした足取りで診察室に入ってきた。顔に覚えはあるが名前は出てこない。

「手術して何年になりますか？」

治彦が訪ねると

「長嶋医療センターでお世話になりました。もう手術して二十年になります」

とのこと。

レントゲンを見ると人工関節の固定はしっかりしており緩みなどはなく問題

（図 10）80歳時人工股関節手術　術後 20年目の 100歳の患者

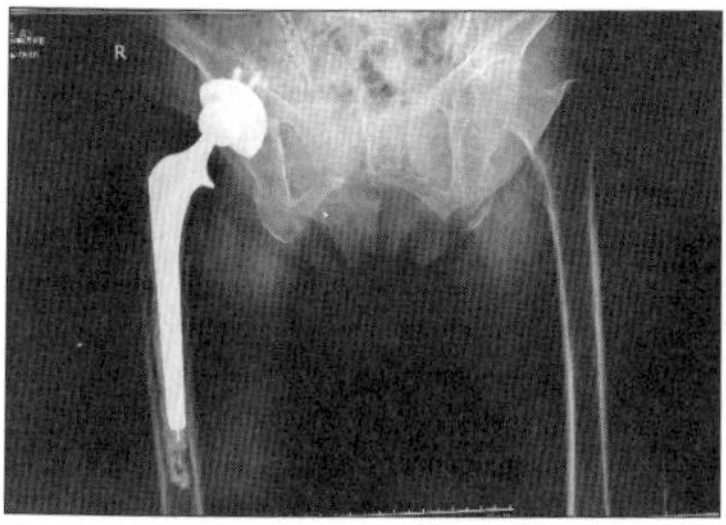

術後 20 年　人工股関節緩みなし

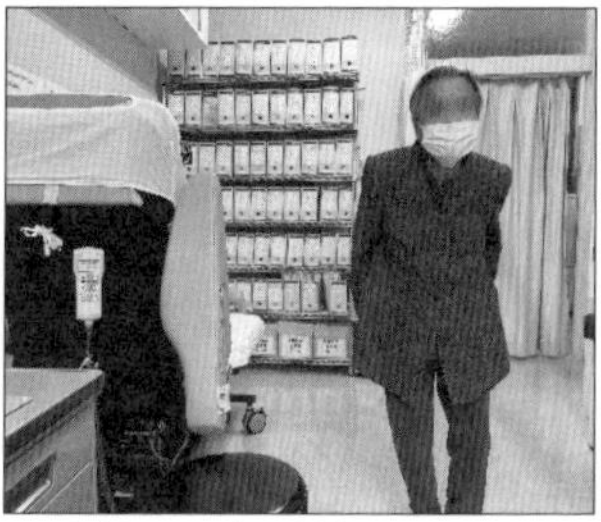

年齢 100 歳　杖無し歩行可能

ない。妹さんらしき女性が付き添って来た。顔の表情、目にも力がある。八十歳を少し超える感じに受け取れた。

「ところで何歳になりますか？」と尋ねると、「もう百歳になりますよ」と言う。口調もはっきりしている。

耳を疑った。付き添いは娘であり、本人はまだ畑仕事を見に行くというから驚きだ。

二十年前は八十歳で人工関節手術を受ける患者はほとんどいなかった。たいていの場合家族が反対することが多かった時代である。よほど痛くて我慢できず家族の反対を押し切って自ら決心したのであろう。しかしその決断が今、百歳でも杖無しで歩くことができ痛みなく過ごすことに繋がっている。（図10）

「痛みのない人生」を語るとき、この患者の来訪は、高齢で痛みのある患者に対して説得力のあるものとなった。

さらに一年が経過し、天正記念病院には二〇二三年（令和五）七月から田邊先生が来てくれることが決まった。治彦の高校の後輩で、北九州病院、佐世保病院で一緒に勤務し気心が知れている。何気なく電話してみたら、当時は自宅から片道一時間半、往復三時間かかる病院に勤務していた。

治彦より若いが、十年前に大病を患い公的病院の部長を退いていた。一時は生命の危機にあったが、幸運にも抗癌剤の薬物療法と外科的治療、そして助かる運命がそうさせたのであろう、健康を取り戻していた。しかし話を聞くと「通勤の三時間は大病をした体には過酷であり、当直や土曜出勤もある」とこぼしていた。

余分な人生を手に入れたとの考えがあり、

「もう少し近くで働いて少しでも地域医療に貢献したい」との事である。

彼が望めば天正記念病院は問題ない。

田邊先生には週四日の勤務条件でお願いし、七月から整形外科医は四名となった。年齢的には決して若くはないが、今までの経験と技術、そして人生の浮き沈みを知り尽くした人材は、天正記念病院にとって大きな財産となった。

六十五歳以上の高齢の整形外科医が三人になった。いわば一線を退いたよぼよぼの爺さん三人が地域医療のために集まった。

ひとりは整形外科医ではあるが、漢方に夢中になり東洋医学を愛し、鍼灸治療を含め誰よりも研究し勉強している。漢方薬の種類は多数あり治療法は組み合わせ次第で無数となるが、症状を言えばすぐにその組み合わせが出てくる驚きの場面がよくある。

もうひとりは膵臓癌で余命いくばくもないと宣告されたが、抗癌剤で縮小した腫瘍を摘出し奇跡の回復を遂げた。術後十年目にして外来診療、手術と頑張っている。

最後のひとりは治彦であるが、五年前クモ膜下出血を患い三日間無の世界を彷徨《さまよ》い、幸運にも麻痺も作らず血圧をコントロールしながら人工関節手術を続けている。

この三人がいなければ、天正記念病院の整形外科医はたったひとりとなる。ひとりでは手術もできない状況である。大学の関連病院ではないが地域医療に貢献しているはずだ。地域医療のため労を惜しまない高齢の医師達こそ、医療の尊厳に近いものを感じる。

# 第九章　天正記念病院就職

# 第十章

# 治彦、古希を思う

いよいよ還暦から十年、齢七十である。六十台も終わり、治彦は二足の草鞋を脱ぎ捨てた。子供達の提案で「古希の祝い」をしてもらうことにした。治彦はふと父親治平《じへい》に「還暦の祝い」もしていないことを考え後悔した。子供たちは祖父治平のことを誰も知らない。いい機会だ。父親治平について治彦が知っていることを、少しでも話してみようと思った。

## 一、父　治平の生い立ち

治平は、大村藩の御典医であった曽祖父、神農自哲の屋敷の離れで生まれた。また祖父であり医師の自適にはたいそうかわいがられていたようである。しかし理由はわからないが治平が三歳の時両親が離婚し、祖母のお秀ばあさんに育てられることとなった。お秀ばあさんは昌平黌《しょうへいこう》（江戸幕府直轄の学問所）で学んだ漢学者、山口凍渓の娘である。頭も優秀であったようだから、治平も躾、教育はしっかりと受けたであろう。

いっぽう、治平の父親宗次郎はと言えば、実家を離れて定職にもつかず悠々と暮らしていた。母親幸は、実家である元村長をしていた父親の一ノ瀬軍次郎宅に身を寄せていた。

治平は母親が恋しく、ときどきひとりで母親の実家のそばまでに会いに行っていた。そこで、母親幸の弟で医師をしていた叔父の一ノ瀬春駒から「ここは、お前が来るところではない。さっさと帰りなさい」と怒られ、治平は泣きながら自宅に帰って行ったそうである。

晩年、春駒叔父はこのことをひどく後悔し、治平の父親代わりのように世話をしてくれた。治平逝去の際には自ら筆をとり、蓮の華の絵を描いた南画の掛け軸を治平の枕元に持ってきてくれた。

経済的な援助は、叔父で医師の千代三郎に受けた。治平は遠慮があったのか、医学部へは行かず学費が無料の官立師範学校へ進み教職に就いた。

お秀ばあさんは最後まで治平をかわいがり、死に際には枕元に一通の手紙を残していた。「神農治平殿」と、年老いてもなお達筆で書かれていた。内容は色々だがその中に「酒と女に心をゆだねぬように」と書かれていたという。

神農家の先祖の系図を見ると離婚再婚などが非常に多い。治平は祖母からの手紙を「酒や芸者に現《うつつ》を抜かさず真面目に生きよ」と解釈したようだ。このことを今でも守っていると、晩年自らの手記に書いている。

この真面目腐った遺伝子はどこへ誰に受け継がれているのか。治彦には周囲を見渡しても理解不能である。

お秀ばあさんが亡くなると治平は天涯孤独と感じたのであろう。二十五歳の時、外地、中国に赴任している。その理由は鶴見雄介の「英雄待望論」である。そこには「ほとんどの英雄が二十五歳ころに事をなしている。男は二十五歳で一流になれ」と書かれている。

治平は二十五歳の時、何を求め中国へ出発したかわからぬが、それも運命であろう。中国天津でまず教職に就いている。その学校で東京出身の芳枝と出会い結婚した。

芳枝は東京育ちのお嬢様で、父親の久保省一は早稲田大学を出て事業をやっており天津のフランス租界の立派な邸宅に住んでいた。なぜ二人が結婚に至ったかは疑問であるが、治平は意外と整った顔をしていたという。戦後の二枚目の映画俳優に似ていたと芳枝が自慢していたので、ただそれだけの理由かもしれない。また治平も家族愛の感じられる芳枝の家族に単に惹かれたのかもしれない。その時の二人は、前途多難の未来が待ち受けているとは微塵《みじん》も考えていなかった。

しかし第二次世界大戦が始まり、やがて大日本帝国敗戦。治平は中国へ赴いた目的が何であったかもわからぬまま時を過ごしたようだ。敗戦の時もまだ芳枝は両親の庇護のもと豊かな暮らしをしていたようだが、芳枝の父親は東京へ戻ることを決断した。芳枝を連れて帰ろうとも考えたようであるが、その時芳枝は妊娠中で長女華枝を身ごもっていた。当然芳枝は治平とともに苦労する覚悟ができていた。

治平夫婦も中国を離れることを決意した。最も安全な経路を選び、上海からではなく韓国を通り釜山から船で一週間かけてようやく山口県の仙崎港に辿り着いた。退去証明書を見ると携帯金千六百円とある。これが治平夫婦が天津から引き揚げてきた時の全財産である。

治平が安住の地として頼りにしていた神農家の実家は、祖父自適の長男、喜一郎伯父が相続したがその後土地、屋敷などすべて売り払っていて、神農家三百年の歴史と財産はすべて消滅していた。大陸に大志を抱き渡った治平の夢は何であったのだろうか。戦禍の中で中国大陸に低く垂れこめた雲は夢と共に流れ去り、悲惨な結末しか残っていなかった。

引き揚げて来たのはいいが治平夫婦には住む所もなく頼る両親もいない。しばらくは、病院を開業していた医師の千代三郎叔父の家に身を寄せて生活していた。

そんなある日、治平が引き揚げて来たことを知った従兄弟たちが集まってくれた。芳枝は、従兄弟が皆治平のことを「じいちゃん、じいちゃん」と呼ぶので「何故この人はお爺さんでもないのにじいちゃんと呼ばれるのだろう」と不思議に思ったようである。

実は、治平は芳枝には自分の名を「はるへい」と名乗って結婚していた。まだ若く、自分の名前が古臭いと感じ恥ずかしかったのであろう。確かに中国発行の退去証明書にもフリガナで「はるへい」と書いてある。退去証明書もいい加減なものである。

その後、治平は川棚の小学校に教員として就職しどうにか食うに困らぬ生活が始まった。借家での貧乏生活ではあったが、三人の子供を育てた。楽しい時間も少しは持てるようになった。

治平夫婦は長男を一歳で亡くしている。神農家の広い墓地には六個の立派な墓石が立っていたが、その片隅に四十センチぐらいの高さの普通の石を長男の墓石として立てた。まだ余裕がなかったのであろう。

治平の父親と離婚した母親の幸は、時々治平がいない時に成長した孫を見に来ていたようだ。幸はすでに別の男性と再婚しており子供たちもいる立場である。治平にも会いたかったのかもしれない。治平も母親に会いたかったに違いない。しかし会わずじまいだった。

後に、幸が亡くなったと知らせがあった。「葬儀に出たら」と芳枝は勧めたが治平は「いまさらどの面下げて顔を見に行けるか」と芳枝に八つ当たりし、結局葬式には出ていない。

実の父親宗次郎も最後は破傷風にかかり叔父の病院の一室で亡くなった。治平は宗次郎から親らしい愛情を感じることのないまま看取った。

やがて社会も少しずつ豊かになり、離婚した幸が治平に残してくれた遺産で小さな家を持つことができた。小さな庭に自ら池を掘り、庭木を植えて静かに眺め楽しんでいた。治平が生まれ育った祖父の屋敷のような立派な庭を将来息子たちが持てるようにと願っていたのかもしれない。

治彦も治平の気持ちがわかる年になると不思議なもので和風の佇まいを好んだ。石垣がある四百年ほどの歴史のある三百坪の武家屋敷を買い取った。治彦も庭が好きで和風の庭を自らの感性で庭師に頼んで造ってもらい、よく一人で眺めている。治平が生きていればきっと喜び話が弾むであろう。

治平は最後まで寂しい家庭環境で育ったため、何も疑うことのない「静物」を好んだようである。五十歳の時、肺結核にかかり一年ほど入院し最後は肺の一部を切除する手術を受けた。

治平入院中の珍事であるが、それまで社会に出て働いたことのない芳枝が「仕事に行く」と言い出した。仕事と娯楽の区別すらわかっていない芳枝には絶対無理だとわかっていたがその心意気だけは立派であった。結論は三週間で解雇となり丸く収まった。

治平は病後の不安もあり心の拠り所として骨董集めを始めている。美術と、歴史の教師をしていたせいか美術品、骨董品に興味を持ち、晩年はよく友人達と骨董屋巡りをしていた。

治平にとって骨董品は生き甲斐であり自分を精神的に慰めてくれる唯一の道楽でもあった。中でも「壺が面白い」と言っていた。

どうして壺を集めているかと尋ねられると
「それは生活品でもあり、美術品でもある」

「壺は友人だ。壺は語らないが、愛好してみるとよく自分に答えてくれる」と述べている。

壺との対話は無言でありながら有言でもあるのかもしれない。

「将来の方向まで歴史のごとく語ってくれる」と言っていた。


孤独な父親は何を考えていたのであろうか。治平は死の直前まで入院先の病室に小さな壺を飾っていた。

治平は六十四歳の時、胃癌、それも進行期の胃癌になった。当時の治彦は大学を卒業し整形外科医局に入局して研修医として働き始めたばかりであった。毎日が仕事であり勉強である。大学時代には医学部とはいえ手術の練習などの授業などなく、患者を相手にするなどとんでもない話である。いわゆる診断学と治療は机上の学問であり、手術の実践は国家試験に合格し医師になってから始まる。

毎日の手術は新鮮で興味深いがわからぬことばかり。知識もないが、さらに技術がないのが致命的である。年数をかけて経験し実力をつけるしかない。日々忙殺され父親が胃の調子が悪いなど知る由もなかった。

父親治平も治彦を心配させまいと市販の薬をこっそり買い飲んでいたようだ。しかし体調は変わらず、知り合いの開業医を訪ね「これは、ただ事ではない」と聞かされて、やっと昔からの知り合いである岩崎栄先生のいる長嶋病院を訪ねている。

治平はすぐに胃の検査を受けたが、進行性の胃癌で周囲に転移しており手術に一縷《いちる》の望みをかける状態であった。なぜ気付かなかったのか、なぜ相談してくれなかったのか。治彦の心にずっと残っている。

このことはもう四十年近く心にわだかまっている。家族に言えば、きっと無責任で非情な息子呼ばわりされるであろう。今でも心に深くしまい込んでいる。

早期に見つけられなかった話は別として、治彦の子供たちにとっては祖父である治平の人生の一部分を紹介するいい機会だと治彦は考えた。治平は六十五歳の時、胃癌の手術後一年目に手記を残している。死を覚悟した手記である。この手記をもとに子供たちに話をしようと考えた。

## 二、古希の宴

治彦の古希の祝いの会場は長崎駅前の落ち着いた雰囲気のホテルだった。子供、その連れ添い、孫を含め家族八名で食事をすることになった。ホテルのレストランはなかなか広く、レンガ造りの壁で覆われ趣があり立派である。入口左手にある十人は優に入る個室を娘が用意していた。

三人の子供たちが一堂に会する機会が今後、何度あるであろうか。それぞれ医師となった三人が現在はたまたま長崎市内の病院に勤務しているが、そのうち離れ離れになるのは職業的宿命である。治彦はこれが最後か、あるとしたら治彦が亡くなった時ぐらいであろうと考えていた。
長男の性格は子供の時からシャイで口数は少なかったが頭の回転はまあまあで、小学生の時は学校の先生に屁理屈を言って困らせていた記憶がかすかに残っている。言わば中途半端な自己陶酔型である。循環器内科として医師の屁理屈はあまり患者の心臓にいい影響を与えないであろう。
長女は天真爛漫である。医学部在学中、パン屋でアルバイトとは珍しい。その店主から「卒業したらうちに就職しないか」と声がかかった。おそらくそつなく仕事をこなし、気が利いていたのであろう。幼そうでいて賢く、社会をそれなりに理解しているが、性格は意外と頑固であり、つかみどころのない不完全な理解超越型である
次男は両親の性格とは全く違い、反抗期もなく素直過ぎて心配になるほどの実直楽観型である。大学は私学の医学部に進学したため、当初は親に対して申し訳なく思ったのであろう、「クラブ活動はせず留年しないよう勉強頑張ります」と言っていたが、いつのまにかゴルフクラブに入り、経済的余裕のある家庭の子息達とも仲良く接していた。貧乏人の息子と気付かれず友達が多いのも

その性格の故かもしれない。

　食事会の開始は午後七時からであったが、皆時刻に遅れてきた。なんとまあという感じである。

　主賓である治彦が真っ先に到着した。世話人もいない、席順も決まっていない。祝いの会と言っても式次第もない。ぼちぼちと全員が集まった。形式にこだわったものは何もない。

　家族八名全員が揃い、一堂にスパークリングワインが行き届いたところで「じゃあ乾杯しましょう」と治彦が自ら口火を切った。椅子から立ち、皆で目を見合わせながら「乾杯」それだけである。

　なかなか話が盛り上がらない。やけにウエイトレスの料理の説明だけが耳に響く。料理の説明を聞くより皆で歓談したいが話題も少なく、料理の説明に頷くだけである。

　しばらくして場の雰囲気を察知したのであろう。次男が長男に何やら促した。初めて兄弟三人で一つのプレゼントを用意してくれていた。お祝いとして記念品の贈呈である。治彦は、箱を開けるように促された。

最近流行りの「健康管理機能付き腕時計」である。多くの病気をした治彦のこれからの健康を気遣ってくれたのだろう。

「おめでとうございます」長男の恥ずかしそうな笑い。

それ以上のかしこまった挨拶はない。本来なら一人ずつ簡単なスピーチでも、と司会者が言うべきところだがそれもいない。しかし十分だった。

治彦も記念に、いや形見にと思い、子供たちに万年筆を準備していた。万年筆を渡しながら、用意していた三枚の用紙を手に持ち話を始めた。

「あなたたちは祖父治平のことを知らない。しかし、その祖父がいたからこそ今があることを忘れないように、今日は父親の話をします」と切り出した。

「これをまず読んでみて」と、治彦はコピーした三枚つづりの紙を皆に配った。

一枚目は治平が残した手記で「はじめに」と書かれている文書である。

「はじめに

先祖は、系図、手控え以外何も残してくれなかった。
その人たちは、人生をどう考えていたのか、家や家族をどう見ていたのか
時代や物事に対する考え方もわからない。それでは子孫も心もとない。
自分は自分ながらに、人生観や、過ぎし事を残しておこうと思う。
それはどれだけ続くかわからない。
特に自分の一生は激動の時代、戦争の時代であったので、
その時、どんなに生きたか、人間生きるとはどんな事か考え、また問いたい。
その為には、まず自分に問わねばならないだろう。
齢六十歳を超した。問いも多い。答えも多い。
正しいかどうかわからない。歴史が教えてくれるだろう。
昭和五十八年五月五日子供の日　神農治平」

治平が亡くなる一年前、すでに死期を悟った六十五歳の時の文章である。
治彦にすれば六十五歳の時こんな文章を
書けただろうか？　いや、書ける訳がない。すでに治平を超えた年齢になっ

たが不思議なもので常に先を越されているような状態で、親を超えることはできないという感覚である。これは誰もが思うことかもしれない。

二枚目は岩崎栄先生がある雑誌に「私の死生観」という題で書かれた一説である。治彦はこの文章を読んだ瞬間、患者とは治平のことだと分かった。それを今でもコピーし大事にとっている。この文章については、子供たちに向けて少し話を加えた。

「岩崎栄先生はあなた達の祖父、治平の知り合いだが、親戚以上に血の通った対応で、本当によく面倒を見てもらった先生です。もうすでに九十一歳になられていると思いますが、今はまだ健在で東京におられます。祖父の気持ちも、岩崎栄先生の気持ちもよくわかる文章だと思います。まず読んでみてください」

「私の臨床医最後の患者さんは、発見の遅れた進行噴門部癌。閉塞による通過障害を取るだけの手術に終わり、それもついには通らなくなり、中心静脈栄養のみに頼る対症療法の患者さんであった。

ようやく在宅医療が言葉として使われるようになってきた時代で、実践に及んでいなかったが、家に帰りたいとの患者さんの希望を叶えるため、患者さんに私の車に乗ってもらい、家まで送り、不安がる患者さん、家族ともども一夜を過ごす経験を持つことができた。

そのことで患者さんとの信頼関係は増し、癌の告知はしないままであったが、よく人生を語り合うことができたことで、主治医としての満足感はある程度あった。

死後その患者さんが苦しい中で書き綴った手記には、患者さんの満足感はほとんどなく、『主治医の回診あり。いつものように何も語らず。お腹を触っただけでベッドを離れ、後には立ち去るスリッパの音のみ残る』

ある日の手記のほんの一部であったことに返す言葉もなかった。

私はこの患者さんの主治医をさせていただいたことに感謝しながら、この患者さんを最後に臨床医をやめるに至った。

医療管理学教授　岩崎　栄

岩崎栄先生は治平の主治医であり治彦の恩人でもある。最後の最後まで治平の面倒を見てくれた。治平の入院中は院長でありながら主治医になり、当時「在宅医療、癌の告知」など熱心に活躍されていた聖路加病院の日野原重明先生を治平の見舞いに連れて来てくれた。

岩崎先生は、治平の葬儀では葬儀委員長として挨拶もしてくれた。その後厚生省から日本医科大学に移られても治彦を気にかけ、東洋学園大山前理事長との食事にも参加してくれた。治彦がリハビリテーション学院の学院長になった時もわざわざ電話をいただいた。

「治彦さん、理事長から聞きましたよ。頑張って活躍してください」

治平を思えばこその行動であろう。

子供たちが「治平の思い」そして岩崎先生の「病気の話」を読み終えたころを見図り、最後に治彦は「古希にして思う」という題で書いた次の文章を読むよう子供たちに促した。

父親治平の話もそうであるが、もうひとり子供たちが知らない治平の長男、治彦の兄である「治」の話をしておくべきだと考えていた。

## 三、人生の目的

治彦が子供たちに贈った文章である。

「人生を語る前に、私がなぜこの世に生を受けることとなったのか、母から伝え聞いたことを話します。

父、治平の名前は儒教の大学に出てくる「修身」「斉家」「治国」「平天下」と続く言葉から来ており、天下を太平に治めるよう千代三郎叔父に「治平」と名付けられたという。

母は続いて治平の子供、すなわち治彦たちの名前の由来について話し始めた。

『戦後敗戦の中、私たちは中国天津で結婚し、長女は中国（中華民国）で生を受けた故、華枝と名付けた。一九四八年（昭和二十三）六月十九日に生まれた長男は、治平の一字をとり『治』と名付けた』

しかし、母はこの時、何か心に感じるものがあったそうである。なぜならその日は「桜桃忌」と呼ばれ、玉川上水で入水自殺を計った文豪、太宰治が発見された日である。よくよく調べると太宰治の誕生日もまた六月十九日であった。

父の喜ぶ姿とは裏腹に、母は『治』の身を案じていた。戦後の食糧難と消化不良から『治』は一歳の誕生日前には食欲はなく痩せ、消化管からも出血し、医者である千代三郎叔父も生死を危ぶんでいたようである。そしてまさに一歳の誕生日、六月十九日の未明、『治』は息を引き取った。両親はどんなに悲しく悔しかったか計り知れない。

その後生まれた次男には永久の命を望んだのであろう。『久』と名付けた。何より健康を祈願したはずである。

母の話によると、どうも両親は、我が家の家族構成は一姫二太郎の子供三人が理想と考えていたようである。私が生まれ出た理由はもうわかったと思うが、治平と芳枝夫婦の二人目の男児として、亡くなった『治』の代わりにこの世に生を受けたのである。

父治平は、長男『治』の再来と考えたのか、あるいは曽祖父自哲の幼少名は『為治』であり医者の家系を継いでほしいとの願いからか、『治彦』と名付けた。逆に言えば長兄『治』が健在であれば今の『治彦』、私は無であったのです。則ち、あなたたちもまた存在しないのです。これが、私がこの世に生を受けた事案です」

「それから七十年、人生にはその時々に決断の時＝点がありました。長嶋医療センター退職、東洋学園の選択、リハビリテーション学院勤務、第一整形外科病院兼業、そして天正記念病院就職。また顔面神経麻痺、クモ膜下出血と突然の病気。

誰しも将来を予測して点を結びつけることはできません。そして常に事をなす時には重要な人物の存在があり、決断は自分を信じることしかないようです。思うに人として必要なものは、将来を見据える力、人を見る力、そして決断力です。

スティーブ・ジョブズは『人生の流れは点と点がつながり、最後に振り返った時にその点と点が結びついたとわかる』と述べています。

中国の後漢末期を描いた歴史書である三国志でも、魏の司馬懿仲達《しばいちゅうたつ》は『人生とは何か？生きる目的は何か？』と蜀の諸葛亮孔明《しょかつりょうこうめい》に問い、諸葛亮孔明は
『人生の目的は己の人生を振り返ることである』と答えています。

だがしかし、私はスティーブ・ジョブズでも諸葛亮孔明でもない。

『私はまだ振り返るに至っていない』

令和五年七月二十三日　神農治彦」

話は終わった。治彦の父親治平に対する気持ち、治平が願った子孫への気持ちが伝わっただろうか。長兄「治」が亡くなった頃、治平一家はまだ貧しく、立派な墓石など作れず普通の石を墓石として神農家の墓地の片隅に立てていた。

治平の父で治彦の祖父、宗次郎の遺骨は、先祖代々の墓石の下に埋めてあり、治平は子供たちに

「自分が死んだら琴の海が見えるところに墓石を作り治と一緒に埋葬してくれ」

と言っていた。その願いだけはどうにか叶えることができた。

古希の宴は二時間ほどで終わり、最後に皆で記念の集合写真を撮った。そこまでである。子供たちはそれぞれに帰って行った。治彦にはまだ言いたいことがあった。祝いの席で話すのを躊躇《ためら》ったが、治彦は先祖十代にわたり過去帳からほぼ正しいと思われる生存年齢を調べていた。

驚くことに、その平均寿命は七十三歳である。過去四代までは正確である。何故か江戸時代の先祖の方が長生きしている。平均をとると私の残された寿命は三年足らずとなってしまう。古希の今がまさに、過去の未来のその時である。過去に瞑想した未来が今まさに現実としてこの場に存在している。

治彦が二足の草鞋を履いて十年、尊敬する二人の理事長を亡くした。

大山理事長からは人生の岐路での決断力と実行力。山本理事長からは実直な診療と研究、手術、さらに老いても燃え尽きることの無い医療への情熱を学んだ。

二人の理事長に仕えたことは大きい。

治彦は今、自ら選択し天正記念病院に移った。何をなすべきか自らに問う。未熟な整形外科医に何ができるのだろうか。地域医療に対する貢献。整形外科の疾患で苦しむ患者に対する痛みからの解放。そこには患者の納得と満足感が必要である。

今から百年以上前、明治初期の大村藩の偉大な人物と称されるひとりに長与専斉《せんさい》がいる。彼は緒方洪庵《おがたこうあん》の適塾に学び、長崎養生所の学頭を務め、その後欧米医事制度調査の目的で欧米各国を視察し見聞を広めている。後に日本の内務省初代衛生局長となり、日本に初めて「衛生」と言う言葉を残している。

その息子の長与又郎は病理学を専攻し、後に東京帝大の総長を務めている。彼がアメリカ、カナダを訪問した時、日本に聖路加病院を開設した米国聖公会の宣教医師トイスラーから

「日本の医学は学術面では進んでいる。しかし患者を幸せにし、健康を増進させることにおいて著しく遅れている」

と指摘を受けた話を、治彦は定かではないが何かで読んだ記憶がある。

地域医療に携わるようになり、治彦は考える。

あれから百年、この日本で地域医療を受ける患者の中で「幸福感」を感じる人がどれほどいるだろうか。患者の幸福感の意味を理解しようにも、治彦の知識、経験では到底たどり着かない領域である。本当の医療とはさらに奥深いもののような気がする。

なぜか宣教医師トイスラーが言った「幸福感」が頭に残っている。

先人達から学んだ言葉を言い換えると「尊厳ある医療とは、医療を受ける患者の中に尊厳があるのでなく、医療をする者の心に尊厳があるかどうか」ということである。

治彦は振り返ることはせず、未来を見据えることにした。　（完）

# あとがき

いつのまにか人生百年と言われるようになった。この長い寿命の中で、私たちはそれぞれの幸せをつかむことができるのだろうか。

昭和初期の人々の平均寿命は男女とも五十歳に満たなかったそうだ。その頃の人々が「もっと長生きしたい」と思っていたとしたら、今の私たちは多分彼らよりも幸せなのだろう。彼らの望みを叶えたからだ。ただ、人生ゴムバンド理論というのもあって、人はその時代の平均寿命を自分の「一生分」として粛々とそして精いっぱい生きているのではなかろうか。

一九一八年（大正七）生まれの私の父は、当時としてはまだ長生きできる時代になっていたが、死期を感じた六十五歳のときに初めて自らの人生を振り返っている。そして今その父の享年を超えた私は、親の子供に対する情と考えは決して子供には越えることはできないと感じている。

五十代後半になって私は顔面神経麻痺を発症した。原因はストレスと過労であり、それが二足の草鞋を履くきっかけになったわけだが、今度は六十代になってクモ膜下出血で倒れた。この時は本当にこたえた。しなければいけない多くのことがあり、病床の私はずっと不安な将来のことを考え続けていた。

七十歳になった今、私は瞑想の中で人生の出来事を振り返り、それらをまるでカルテ（診療録）のように記そうと思った。ただし外に出す以上、あくまでもこれは小説である。登場人物の氏名も含めて細部はフィクションだと読者には捉えていただきたい。

ところで本当に人が百年生きる時代ならば、私にはまだ先の長い年月があるのかもしれない。古希はまだ人生の途上にすぎない。私のカルテはこれからも書き加えられていくであろう。

人の一生は銘々が主役を演じる一幕の舞台劇のようだ。私の劇にも多くの名優が登場してくれている。敬愛する人たちばかりだ。有難い人たちに恵まれて、私は幸せである。

私の小説物語を書き終えるにあたり、執筆中に多くのアドバイスをいただいた長崎文献社および関係の方々に深く感謝いたします。

二〇二四年（令和六）春夜

諫早記念病院理事長室にて

本川　哲

著者略歴

**本川　哲**（もとかわ　さとる）

| | |
|---|---|
| 経　歴 | 昭和28年　大村市生まれ |
| | 鹿児島大学医学部卒　医学博士 |
| | 医療法人宏善会　諫早記念病院　理事長 |
| | 学校法人向陽学園　長崎リハビリテーション学院　名誉学院長 |
| 所属学会 | 日本整形外科学会　専門医 |
| | 日本リウマチ学会　専門医　評議員　指導医　功労会員 |
| | 日本人工関節学会　認定医 |
| | 日本骨折学会　評議員　功労会員 |
| 特　許 | 第5168682号（人工関節固定用ステム） |
| 著　書 | 側面から見た大村藩の医学　一鍼灸医の系譜から |


# 瞑想カルテ


| | |
|---|---|
| 発行日 | 2024年5月27日　初版第1刷 |
| 著者 | 本川　哲（もとかわ　さとる） |
| 発行人 | 片山　仁志 |
| 編集人 | 山本　正興 |
| 発行所 | 株式会社 長崎文献社<br>〒850-0057　長崎市大黒町3-1　長崎交通産業ビル5階<br>TEL095-823-5247　ファックス095-823-5252<br>HP:https://www.e-bunken.com |
| 印刷・製本 | 株式会社 インテックス |

本書をお読みになったご意見・ご感想をこのQRコードよりお寄せください。



ISBN978-4-88851-409-5　C0093